樗是一种树

谭风华 著

学苑出版社

图书在版编目（CIP）数据

樗是一种树/谭风华著 . —北京：学苑出版社，2019.8
ISBN 978 – 7 – 5077 – 5764 – 4

Ⅰ. ①樗… Ⅱ. ①谭… Ⅲ. ①诗集 – 中国 – 当代
Ⅳ. ①I227

中国版本图书馆 CIP 数据核字（2019）第 145434 号

责任编辑：黄小龙
出版发行：学苑出版社
社　　址：北京市丰台区南方庄 2 号院 1 号楼
邮政编码：100079
网　　址：www.book001.com
电子邮箱：xueyuanpress@163.com
销售电话：010 – 67601101（销售部）、010 – 67603091（总编室）
印　刷　厂：北京通州皇家印刷厂
开本尺寸：880×1230　1/32
印　　张：7
字　　数：163 千字
版　　次：2019 年 8 月第 1 版
印　　次：2019 年 8 月第 1 次印刷
定　　价：48.00 元

诗歌的无用之用

诗歌是最没用的一种文体，追求无用之用。

只有极少数诗人能够靠诗歌写作养活自己，但似乎从来没有哪位诗人靠写诗发大财，或一夜暴富。更加尴尬的现实是，在20世纪80年代末到90年代初，随着海子、顾城等优秀中国现代诗人的自杀，在功利和实用主义者的眼里，诗人似乎整体沦为一种社会"笑话"，身份可疑。自杀行为，是不合中国传统文化精神的。诗人变成一种近乎无用的人，反映这种观念的代表性事件是诺贝尔文学奖获得者——诗人布罗茨基在1964年被苏联法庭审判，他因"社会寄生虫"的罪名被判服苦役5年。而中外文学史上，穷困潦倒的诗人比比皆是。有一次，一个我从来没接触过，尚未出名的"诗人"，通过手机微信加我"好友"后，第一时间直截了当就对我说，因写诗生活困难，请求资助，着实吓了我一跳。

庄子在好几篇文章里反复提到几种无用的树，如栎社树、商丘大木等。在《逍遥游》里，庄子借朋友惠子的口说："吾有大树，人谓之樗。其大本臃肿而不中绳墨，其小枝卷曲而不中规矩。立之涂，匠者不顾。今子之言，大而无用，众所同去也。"樗就是臭椿，质地低劣，不宜制成器材，大不宜做栋梁，小不宜做家具，所以能躲过刀斧的砍伐。庄子说："上古有大椿者，以八千岁为春，以八千岁为秋。"

非常奇怪，至今人们也无法准确定义什么是诗歌，却能够准确判断什么不是诗歌，所以对于诗歌，人们常采取排除法。但面对现代诗歌，排除法也经常碰到问题，因为人们总把以往被大众认可的"诗歌"形式来套新的文本格式，但事实是诗歌的内涵和外延不断被天才的诗歌写作者突破。当代和现代汉语诗歌，放弃格律、用韵、平仄、对仗等传统诗歌形式要求，这是中国诗歌的一次新尝试，或者说革命，至今其"合法性"仍频频遭受质疑。在人类创作的所有文本中，应该说公文、说明文、政论文等文种是最有用的，也最功利，写得好不好，唯一的衡量标准就是是否最有效率地达到行文的预期目的。

文学不同于应用文，其实大多是没有用的。文学就像是《封神演义》被周文王起用前的"倒霉蛋"姜子牙，做什么什么不成，卖什么什么血本无归；就像是水泊梁山108好汉排名第三的智多星吴用，名为"无用"，实则不可或缺；就像贾宝玉，一个整日在脂粉堆里混着的无用男人，《红楼梦》第一回里提到，是女娲娘娘补天时遗弃下来最后的一块没用的石头幻化而成的东西。而诗歌在所有的文学体裁里，又是最没有用的一种文体，相对于小说、散文等其他文学形式更甚。但诗歌是否有无用之用？孔子说："不学诗，无以言。"此话并不可信。实际上很多人不读书、不读文学作品、不读诗歌，现实生活中，活得倒挺滋润、挺好，从来没有因思想和精神方面的问题想过要自杀，根本没有孔夫子说的那种吓人的后果。也许孔子的话指的是对"肉食者"的要求，对治国平天下成功人士的要求，普通民众倒不在此之列。

文史哲在中国春秋战国以前，似乎是不分家的，六经皆史，所以《道德经》《论语》《庄子》虽是哲学著作，但似乎是诗歌体；《左传》《国语》《战国策》虽是历史著作，但似乎是散文、小说体；《诗经》《离骚》虽是诗歌，但似乎往往被反复解读得像历史。似乎因这个传统，《古文观止》所选古文，除了诗歌，什么文体都有，甚至包括很多篇古代的公文。只是到后世，几种文体走向分化，终于分割开来，诗歌是诗歌，散文是散文，小说是小说，公文是公文。魏晋时，曹丕在《典论·论文》里惊世骇俗地提出一个影响后世中国文人极深的观点："盖文章，经国之大业，不朽之盛事。"《左传·襄公二十四年》中说："太上有立德，其次有立功，其次有立言，虽久不废，此之谓不朽。"曹丕的说法，是对"三不朽"提法中的"立言"做进一步的拔高。似乎比司马迁"究天人之际，通古今之变，成一家之言"的观点还要让人狂热，流鼻血，激人奋进。

记得当初我还待在湘西怀化时，年少轻狂，胸怀"大志"，第一次读到曹丕的这个论断时，也是非常吃惊，内心很是振奋，似乎好像马上"天将降大任于斯人也"似的，神灵附体，血脉偾张，恨不得立马把栏杆拍遍。司马迁的抱负有点"个人英雄主义"色彩，而曹丕的提法，着实上升为"家国情怀"，直逼北宋张载"为天地立心，为生民立命，为往圣继绝学，为万世开太平"的雄心。但细究去，曹丕的提法仍然强调的是文学的功用性。鲁迅的作品就强调功用，特别是他的杂文，是投枪，是匕首，很有思想，很"有用"，杀敌一万，自伤三千，强调的也是文学对世界和社会的强力"介入"和"干预"，要打破铁屋子，要改造"国民性"，唤醒民众，秉承着的仍然是中国儒家"经世致用"、明知不可为而为之"入世"的这一套文化哲学传统。"五四运动"虽然提出诸如"德先生""赛先生"等很多西方文明的现代口号，但实质上很多方面仍然只停留在口头上，尚处于观念启蒙状态，打的是西方现代文明的旗子，骨子里还是在用中国传统文化中的"优秀部分"在对抗"糟粕部分"而已。所以，有一种说法，中国现代诗歌发源不是胡适的《尝试集》，而是鲁迅的《野草》。《尝试集》骨子里仍然是中国古典士大夫穿着西装，脑后拖着一根细长的辫子，《野草》虽然没有分行，但相比于《尝试集》，更具"现代性"。我觉得，后世能够让鲁迅真正不朽的，很可能不是他的杂文，仍然还在于他的小说和散文。

  强调文学"有用"性也可能没有错。只是后来，我多读了点书，慢慢冷静下来，发现曹丕那个提法还是有问题，文章的作用、文学的作用、诗歌的作用并没有想象的那么巨大，曹丕那个说法其实只是对著书立说"想不朽"者的一种鼓励、激赏和鞭策而已，对世道人心能发挥多大作用，是很难说的。1996年诺贝尔文学奖授予波兰女诗人辛波斯卡，《纽约时报》评价说："她的诗可能拯救不了世界，但世界将因她的作品而变得不再一样。"前半句话，讲得客观，后半句话，我深表怀疑。若人们接触不到，或根本没读过辛波斯卡的诗歌，如何产生影响？文学作品作用的发挥，首先得有人去阅读，其次是传播，阅读者读进去了，才能作用于阅读者的身心灵。所以，不要给文学赋予太多的职能，戴太高的帽子，文学作品并不一定能改变世道人心，让这个世界变得更美好。要不然，古今中外如此多的传世文学名作的存在，脍炙人口的唐诗宋词如此精致，这个世界为什么仍然存在着那么多的不完美、黑暗、残酷、战争和悲剧存在的逻辑和理由也就说不通。而真正伟大的文学，似乎往往又是离经叛道的。如《金瓶梅》似乎诲淫，写了一群淫荡女人；《水浒传》似乎诲盗，称赞一群强盗；像小仲马的《茶花女》，感叹的是一个妓女的爱情；像波德莱尔的《恶之花》，直接选取城市的丑恶与人性的阴暗面，告别了古典浪漫主义的"美好"，开启现代主义"邪恶之门"；像曹禺的话剧《雷雨》，主题也非常可疑，我并不完全认可目前权威方的解读。这些文学仔细分析起来，若用道德的尺度，并没有多少"正能量"，并没有可以称颂的"真善美"，却很"文学"，很诗意，都是不朽的名作，成为让人困惑的"文学悖论"。颠覆传统思维和世俗逻辑似乎更接近于文学的"本质逻辑"，或者说文学有着它自身的逻辑，独立于道德、政治和世俗评判标准之外。

《尚书·尧典》中说："诗言志，歌永言，声依永，律和声。"《庄子·天下篇》说："诗以道志。"中国古人强调"诗言志""文以载道"的传统，虽然对"志""道"有些人解释为合乎礼教规范的思想，有些人针锋相对，解释成不受礼教束缚的性情，这两种观点实质上是一致的，是硬币的两个面，都特别关注诗歌作品的思想性。强调文学作品的"功用性"，实质上是中国文化传统里的功利主义在中国文学评论史上的一种投影。传说孔子删诗，3000篇诗歌，删掉十分之九，剩下305篇结集成《诗经》。入选《诗经》的诗歌都是"言志"的、"有用"的，被删掉的诗歌，估计都是不"言志"的、"无用"的，或者是不能够完全符合要求的。不然，孔夫子不会强烈批评"郑声淫"，主张"放郑声"。诗言志的传统，其实是有人希望诗歌是在"言志"，并把其作为评判诗歌好坏的标准，要不然无法解释有那么多儒学大师考证出《关雎》写的是"后妃之德"，是"美刺"。很多诠释者、阅读者，希望诗歌在"言志"，很多人说中国现代汉诗"读不懂"，朦胧、晦涩，希望通过阅读"诗歌解说""诗歌评论"来读懂诗歌。若诗歌是一种需要借助诠释、解说才能阅读的文体，那一定是诗歌走进了死胡同，没有存在的必要。宋严羽在《沧浪诗话·诗辨》中说："夫诗有别材，非关书也。诗有别趣，非关理也。而古人未尝不读书、不穷理。所谓不涉理路，不落言筌者，上也。"声称诗可以"无理",诗应该"无理",诗应该别具一格。

我常常想,很多文学形式,特别是诗歌,可能是最没用的一种文体,虽然很多诗歌写得确实很有"用处"。如抗日战争时期的"大众文学""国防文学",改革开放初期的"伤痕文学""寻根文学",都强调要"经世致用",要为政治服务,要为时代服务,要为人民服务。按《毛诗·序》的提法:"诗者,志之所之也,在心为志,发言为诗,情动于中而形于言,言之不足,故嗟叹之,嗟叹之不足,故咏歌之,咏歌之不足,不知手之舞之,足之蹈之也。"诗歌是关涉内心和灵魂的事情,在身体里感动兴发,发酵酝酿,说出来就是诗,没能够说出来,没能够用语言表达出来,就只是"内心的想法",还不是诗。当诗不足以表达时,就会唱;当唱不足以表达时,就会通过跳舞的形式宣泄。就像很多现代年轻人,情绪异常波动时,无法言说,或"写下来",就会去卡拉OK、蹦迪,到歌厅或舞厅里去"发泄"、排解情绪一样。

汉族是很奇怪的民族,似乎因几千年"儒"教育的传统,都变得很含蓄了,儒家认为唱歌跳舞都是"轻佻"的事,不稳重,把唱歌的跳舞的贬低为"伎"或"戏子",久而久之,汉族不像很多其他民族和国内少数民族,不是天然地能歌善舞,这方面的才能"退化了"。儒家重礼,重"官",除了庙堂之上的雅乐,其他的"俗乐"、流行音乐,是不稳重的。我曾到四川成都谒杜甫草堂,见展厅橱柜里摆放着好多版本的《杜工部集》,"工部"是指杜甫曾出任过的最高官职,检校工部员外郎,其实只是一个幕僚和参谋类的小官,却要特别地标记出来,以示杜甫总还是当了官的,非一介平民。可见中国古代的"官本位"思想是多么根深蒂固,伟大如杜甫这样的诗人,甚至于李白,也没法挣脱这种传统和世俗观念。我曾经在酒桌上与朋友开玩笑，若按此逻辑，我死后，出全集，就取名叫《谭处长集》，听者都大笑。

在中国传统文人心目中，诗人的名头并不是名头，也基本没有职业诗人、职业作家这样的说法。难怪有人对中国传统文化是这样评说的："几千年来，藏在中国人内心深处的核心信仰就是当官。"古代中国只有两个阶层，一个是官僚阶层，一个是庶民阶层。范进中举的悲剧，并非科举制度的悲剧，而是中国几千年来"官本位"的悲剧，科举制度只是进身之阶，一旦中举，就取得了"功名"，鲤鱼跳龙门，鸡犬升天，命运由之而变。"志"极其可能是附着在中国古典诗歌肌体上的一层甜蜜的"糖衣"。

中国的传统"国学"是没有现代性的，用顾准的话说，科学与民主是舶来品，中国的传统思想和文化的渊源与根据，产生不出科学与民主。现代性的缘起与18世纪西方启蒙主义、资本主义起源以及工业革命密切相关，而中国的现代性发萌于1840年的鸦片战争，100多年来，是与中国工业化进程同步深化的，中国全面工业化和城市化进程却是改革开放四十来年的事情。现代性是以工业化的城市为背景的文化，不管是热情拥抱工业文明，还是对工业文明采取排斥、疏离、批判和否定的态度，即便是回避工业和城市，描绘田园、乡村、土地，追忆和怀念农业文明的作品，其叙述的大背景已与中国古典文学不一样了，工业化的城市成为没法躲避的背景，而使得目前语境中的文学作品都天然地具有"现代性"。因而，现代性更多时候表现为对传统农耕文明遗留下来的"辉煌成就"从各种可能的角度，用各种可能的方式进行背叛、颠覆和破坏。

中国古典诗词到唐宋逐步走向了巅峰，讲究格律，在用韵、平仄、对仗、字数等方面都有严格规定和要求，为什么发展出如此完善的一套系统呢？首先，中国方块汉字单形体、单音节性质，促使对偶、声律美学的形成。其次，也和诗歌传统中口耳传播方式不无关系，人们通过发声系统唇齿、舌头、口腔、鼻腔、声带、咽喉、气管和肺，以及腹腔等部位的配合发声，声波作用于听觉系统，进行信息沟通和交流，所以语言的口感非常重要。例如：白居易的《琵琶行》："轻拢慢捻抹复挑，初为《霓裳》后《六幺》。大弦嘈嘈如急雨，小弦切切如私语。嘈嘈切切错杂弹，大珠小珠落玉盘。间关莺语花底滑，幽咽泉流冰下难。冰泉冷涩弦凝绝，凝绝不通声暂歇。别有幽愁暗恨生，此时无声胜有声。银瓶乍破水浆迸，铁骑突出刀枪鸣。曲终收拨当心画，四弦一声如裂帛。"李清照的《声声慢》："寻寻觅觅，冷冷清清，凄凄惨惨戚戚。"这些都是"口感"特别突出的例子，念起来身临其境，口齿生情，传导到耳朵，又产生非常好的"耳感"，然后由耳入心。又如《心经》《圣经》的汉译都是非常成功的案例，都非常讲究"说""听"的效果，和尚念经，有口无心，其实念经、听经、到教堂做礼拜听福音都是一种"修行"。

  诗歌对"口感""耳感"的强调，有一种说法，是为了便于诗歌的传唱和记咏。《诗经》《楚辞》，包括唐诗和宋词，最初都是可以唱的，并有音乐配置。最初的诗歌似乎是作为一种歌词形式而存在的，歌词往往要求押韵、节奏好、简单易懂。从人类发展史和考古证据来看，在语言的产生之前就已存在着音乐，而为音乐添填可以咏唱的歌词，将两者结合起来，是后来的事。而二者融合之初，诗词极其可能只是音乐的附属物，后来经文人逐步地介入，改造，升华，歌词喧宾夺主，慢慢变为主体，本末倒置起来，逐步独立出来，而音乐倒成为歌词的附属。再后来音乐与歌词彻底分割开来，歌词成为诗歌，成为一种主体"自足物",无须配乐,仍可流传。唐诗宋词元曲的发展路径大概都是如此。

  白话文和文言文,虽然表面上都是用的方块汉字在书写记录,但白话文实质上已蜕化为另一种语言。很多脍炙人口的文言文精品和古典诗词,即使是名家翻译,一旦翻译成白话文,意思都对,但读来,往往味同嚼蜡。诗歌之所以"不可译",是因为可以译的多半是诗歌中"有用"的部分,而失去的那部分,多半是"无用"的部分。可译的多半是诗歌所表达的"意义"、思想、主题等,而诗歌如韵味、节奏、诗意等等东西都莫名其妙地丧失了。这就好像刚娶了新娘,把新娘的衣服、嫁妆抬回了家,而把新娘的肉身仍然留在了娘家。所以很多世界级大诗人写的诗歌,经翻译,离开母语,在其他语言中呈现的往往是让人困惑的二流、三流作品。胡适在《白话文学史》里断言:"凡有价值的文学必是白话文学;文言文学概无价值。"他把汉以后的中国文学史,定性为文言文学与白话文学彼此争斗、彼此消长的历史,表面上是以文言文学为正宗,实际上却是白话文学不断战胜文言文学的历史。

  唐诗宋词最开始是可以唱的,后来逐步蜕变,不用唱,却主要靠口头吟诵,最后变成书面文体,到明清,古典诗词写作基本上变成"填诗""填词",成为一种"死的文学",明清时的诗词很多都是"静态"的,在书斋里"玩"出来的文字。元曲最初也是供登台歌舞表演用的台词脚本,明清小说更是要在茶坊酒肆供评书人"演义"用的脚本,都离不开口舌的传播作用。后世佶屈聱牙的诗歌和文风的出现,与印刷术的发达不无关系,人们可以通过纸上文字阅读,主要通过"眼睛"看,而非"口读"和"耳听"进行传导,绕开了"口→耳→心"的接受渠道和传播途径。可以说,胡适所说的"文言文"

指的是书面用语,是直接写在纸上,主要供"眼睛"看的表述方式,而白话文是口语,文字只是将其暂时"记录于纸上",其宗旨还是要将文字还原成语言,通过声音,交由"口耳"进行传播和感受。而鲁迅最早是用文言文写作的,后来改用白话文写作,阵痛是很强烈的,从内心、思维方式和表述习惯都进行彻底重造,可以说是生造了一个自己。

就白话文写作,举两个古代文学的例子。

如汉乐府《江南》:

江南可采莲,莲叶何田田。

鱼戏莲叶间。

鱼戏莲叶东,鱼戏莲叶西,鱼戏莲叶南,鱼戏莲叶北。

又如南北朝的《敕勒歌》:

敕勒川,阴山下。天似穹庐,笼盖四野。天苍苍,野茫茫。风吹草低见牛羊。

这两首诗,一南一北,浑然天成,朗朗上口,好像什么都没说,又好像什么都说了。一个写尽江南柔美,一个突现塞外风光,一软一硬,恰到好处,却实在没有什么"用处",这也是诗歌的妙处和秘密。但主题突出,写得很有思想,很有内涵的诗歌,有没有?有。但好诗,是"自足"之物,写成之后,就会脱离诗人,自有生命。当被阅读时,好的诗歌就会在阅读者的身体里面一次又一次的复活和重生。

诗歌是困在语言牢笼中的鸟儿。我曾带孩子去北京动物园,看秃鹫,是在鹰山,很大的一个铁质框架结构,用巨网罩着,秃鹫可以在里面展翅飞翔。而老北京胡同里遛鸟的人,小小的鸟笼里,养的是八哥、画眉、金丝雀。而庄子笔下的鲲鹏,估计只有大海、天地才能容纳其自由伸展。鸟儿个体的大小,就是诗歌境界的大小。所以,语言的牢笼是否足够大,是否能装下诗歌，是否匹配，是一首诗歌成功与否的关键。若不匹配，很可能就是一首失败的诗歌、一首坏诗。

"采菊东篱下，悠然见南山。"陶渊明的诗歌写得最"无用"，虽然后来很多学者进行了各种"有用"的解读和诠释。陶渊明是一个奇特的存在，李白、杜甫、苏轼的诗歌，都写得比他"有用"，流传更广，粉丝更多。但陶渊明的诗歌，超越了他所在的那个时代，后世也没有人能像他那样写诗，所以让很多后世的诗人和诗歌评论家叹服和感慨。杜甫可学，而李白不可学，杜甫的诗歌入世，更合儒家教义，更"有用"，更容易被道德、政治和儒家学者利用，所以杜甫倍受后世推崇。中国古代诗歌从某种角度上讲，是沿着杜甫路数走下来，经宋、明、清，最后走进了死胡同。又如白居易，写了大量讽喻诗，强调诗歌的"有用"性，而真正让白居易不朽的却是他的"无用"之诗《长恨歌》《琵琶行》。

自序不宜写得太长，以免喧宾夺主。杂七杂八写了一些不知所云的东西，还是引用庄子在《人世间》的一段话做结尾吧："山木，自寇也；膏火，自煎也；桂可食，故伐之；漆可用，故割之。人皆知有用之用，而莫知无用之用也。"

本诗集分为五章，每章以一个带"木"字的生僻字为章名，取"无用之木"的意蕴。第一章有关爱情，第二章有关记忆，第三章有关亲情，第四章有关自然，第五章有关植物。

啰里啰唆，絮絮叨叨，写这么多，但愿我这些无用的诗歌，能打动到您。

谭风华
2019 年 5 月 16 日于北京海淀复兴路 69 号

目　　录

第一章　呆 ·· 1

　想你 ·· 3
　挣扎 ·· 5
　你是我心脏里的蛀虫 ·· 6
　肋骨 ·· 8
　等你，在下一个路口 ··· 10
　沦陷，在一首诗里 ·· 12
　山与水相逢 ·· 14
　爱你 ··· 15
　性感红唇 ··· 17
　美可愁人，亦可倾国 ·· 18
　一盏灯 ·· 20
　她的背影 ··· 21
　风中的思念 ·· 22
　午夜，风从内心经过 ·· 23
　逃避爱情 ··· 24
　情深 ··· 25
　影子总在我们的反面 ·· 26
　面对春天，我只有欲望，没有思想 ························· 27
　我愿意瘦，如果瘦是一种病 ··································· 28

若我能如此一直安静下来，一动不动，就会被尘埃
　　掩埋 …………………………………………………… 30
在新清华学堂听柴可夫斯基降 B 小调钢琴协奏曲和
　　贝多芬第七交响曲 …………………………………… 31
早餐在老家肉饼店买油条 ………………………………… 32
北京西城 …………………………………………………… 33
铜瓶子是座坟，里面囚禁着我的灵魂 …………………… 35
在首都机场 T2 航站楼候机 ……………………………… 36
无意中想起一个女孩 ……………………………………… 37
拔刀 ………………………………………………………… 38
扫地僧 ……………………………………………………… 39
我将远离平庸，就像远离母亲的子宫 …………………… 40

第二章　枭 …………………………………………… 41

操场 ………………………………………………………… 43
我想去这样一个地方 ……………………………………… 44
冷战 ………………………………………………………… 45
温暖的情话悄悄发芽 ……………………………………… 47
我们说好的 ………………………………………………… 49
引渡 ………………………………………………………… 50
只想陪你一直到老 ………………………………………… 51
你是我心中最柔软的痛 …………………………………… 52
情人劫 ……………………………………………………… 53
邂逅，一道风景 …………………………………………… 54
我感到幸福 ………………………………………………… 56
香径 ………………………………………………………… 57
挣脱 ………………………………………………………… 58
邂逅 ………………………………………………………… 60

我这样想你	61
鹊桥仙	63
长相思	64
你是我梦中的那团烈焰	66
病入膏肓	68
鹊之桥	69
伏在你的窗前我的眼	70
逻辑牵着思维的笑声染白九月十日的头发	71
被一枚生锈的钉子扎破脚心	73
飘荡在坪阳村上的炊烟是根没剪断的脐带	74

第三章 燊

喊老婆	77
拥抱	78
一个人的时候	79
蓝色深情	80
等你归来	81
给谭又嘉	82
牵念或者忘却	83
天在下雨,我在想你	84
盈盈秋波	85
我把诗歌扛在肩头	86
寒冬的相思	87
如果爱,请深爱	88
早晨	89
隐痛	90
过敏	91
虚无的爱情	92

冬藏	93
邂逅之后	94
情人节表白	95
回眸	96
幸福	98
植树	99
绝世之恋	100
省略号	101
你是我心里最柔软的部分	102
母亲	103
放弃	104
用左手揽住，你被爱情燃烧的身体	105

第四章　茶　107

风的颜色	109
风的颜色	112
大风歌	114
风的回廊	116
风吹皱了思绪	118
雾霾锁城	119
浮云	120
寄一片雪花给你	122
柳湖沙月	123
月色	124
北风煮酒	126
雪花	127
故乡的云	128
窗花	129

飘落的精灵	130
醉春风	131
今夜	132
晚风	133
星星把爱打翻	134
风筝	135
听雨	137
刺破黑暗的衣襟	138
夜雨	140
夜色	141
那片云有雨	142
等一场雨	143
失眠的夜	144
望雪	145
夜深如雪	146
清晨的车辆声碾碎黎明的梦呓	147
看云	148
黑云	149
月亮	150
雾	151
风	152
月全食	153
今夜，繁星盛开	154

第五章　槊

一朵花	157
透过丛林的阳光	158
吃荔枝	159

牵着月亮去看荷	161
公交车站旁的银杏树	163
稻谷	164
吃石榴的两种经典方式	165
欲开的花	166
墙角	167
木棉树	168
松树	170
咏梅	171
梅花香时,我犯下今生第一个错	172
因了一朵花的盛开——和黄德义先生的诗	173
花神聚会	174
女人花	175
蔷薇	176
飘落的花瓣聆听春的尾音	177
樱花	178
遇见一场花事	179
一棵树	180
一枚叶子	181
石榴花开	182
麦子黄了	183
冷雨摧花	184
花语	185
檇李	187
爬满青苔的记忆	189
狗尾巴草	190
花海	191

玫瑰正红……………………………………………… 192
莲花宝座……………………………………………… 193
秋日的花朵…………………………………………… 194
竹竿…………………………………………………… 195
雪中越狱的树………………………………………… 196
草木无声……………………………………………… 197
荻花…………………………………………………… 198
栀子花………………………………………………… 199
像养宠物一样养着我的植物………………………… 200
向日葵花……………………………………………… 201

第一章　杲

想你

端着热气腾腾的一杯绿茶想你
看着结着苦瓜的青藤想你
听着柴可夫斯基想你
读着《古诗十九首》想你
在立秋的细雨里想你
在吃着一尾红烧鲤鱼时想你
在一起车祸或意外事故里想你
在一起突发的恐怖事件里想你

实在没事时就想想你
可以打发时间
实在有事时
就偶尔利用时间的缝隙
想你,像一朵莲花盛开
想你,像一朵云从湖面飘过
想你,像一株结满梦幻的石榴树
想你,像那只停在狗尾草上的蜻蜓

我突然发现一个秘密
发现我前半生一直等你
后半生一直在想你

因为你,我的一生变得如此简单和单调

想你。没来由地想你
想着。想着。就老了
而如今的你
究竟在哪里

2015 年 8 月 13 日于北京

挣扎

洪峰袭来时
我看见礁石在水中挣扎
黑夜来袭时
我看见路灯在雾中挣扎
早春来临时
我看见梅花挣扎得很婉约
暮秋来临时
我看见一只蝉在拼命嘶喊
寒冬来临时
我看见卖火柴小女孩的手指在燃烧
一只密不透风的集装箱
我看见鲁迅愤怒地举起程咬金的板斧
一只茧至少可以成就一只蛾子的飞翔
一只蛋至少可以成就一只鸟儿的梦想
人海中,我看见了你
看见你还在爱情的泥沼里苦苦挣扎
看见你想将镜中早已淹得奄奄一息的自己捞起
湿漉漉,捞起的却是一把记忆
悄悄从指缝流走

2015 年 8 月 19 日于北京莲宝路

你是我心脏里的蛀虫

心脏是结在胸腔里的苹果
你是一条蛀虫
乘着我春心荡漾
啃伤我心瓣里的红

那里有一片澎湃的红色海洋
心脏是长在胸腔里的草莓
营养丰富,而且香甜多汁
你是一个贪婪的吸血鬼

我的肉是啃不尽的桑叶
吃完了又会长出来
我的血是永不干涸的泉
吸干了又会涌出来

经多年啃食,心已快被啃空
像禅悟的惠能
经多年吮吸,血已滤得透明
像清溪里的虾

当我心死时

你也将与我一同死去
当我心灭时
你也将一同幻化成蝶

我在佛前立誓
将认真修好今生,以便来世
变成一条长着獠牙的蛀虫
咬痛一只血橙的尖叫

      2015年8月27日于北京

肋骨

不是鸡的
肋骨
食之无味
弃之可惜

而是人的
肋骨。亚当的
被神取出
制造成夏娃

耶和华是神
没人知道
他是外科医生
是转基因科学怪才

男人与女人经常争辩
女人是用男人身上
那根多余的肋骨
创造的副产品

女人经常反唇相讥

那根肋骨是骨中骨
肉中肉。上帝为创造女人
将男人最精华的部分取走

因为缺失一根肋骨保护
即使没有受到强力打击
身边缺少女人时
男人也时常感到钻心疼痛

      2015年9月6日于北京

等你,在下一个路口

你所强调的
每一个路口
我都如约去过

在每一个路口
我都至少
苦等半年

在每一个路口
我都听人提起你
可为何至今仍未遇见

有人悄悄告诉我
上次你来晚了
那回你走早了

我只是一个流浪的歌手
无家可归。下个路口
也许是我今生最后的机会

其实,自始我就明白

并不是每一个路口
都适合于等待

2015 年 9 月 16 日于北京复兴路 69 号

沦陷,在一首诗里

好不容易,躲过屈原的追捕
却没躲过《诗经》里的爱情
刚刚逃离唐诗的围剿
却又深陷宋词的纠缠

都在盛赞特洛伊英雄们
用铁与血堆砌的历史和伟绩
而我却在暗自比较海伦
和褒姒,究竟谁才是真正花魁

与莎士比亚对饮,赌酒
一醉方休。李白就别掺和了
杨贵妃只专属唐明皇。垂涎三尺
的白居易,也没触摸过她的乳房

或者还是向但丁,讨教
如何用一株玫瑰
征服一座意大利古城
比如维洛那,或威尼斯

是的,我是一个傻子

在你面前还在读诗的傻子
那团揉搓成团的纸
丢弃在垃圾桶，在风中

那座固若金汤的城池
在你眼中一步步陷落
早已丢盔弃甲，伤痕累累
导致一池的鱼都手捧白菊

我在一万首诗里冷静
你是其中一朵荷，似箭
被你父母描画得如此仔细
一箭穿心，一个男人就此沦陷

      2015年10月16日于北京复兴路

山与水相逢

没有水,即便再伟大
山注定只是一片荒漠
没有山,即便汇聚成海
水注定只是一片无边苦涩

因为有山,泉水、溪流、江河酝酿一份甘甜
因为有水,山才舍弃蛮荒和赤裸,身着绿装
因为有山,水滴石穿,才有能够腐蚀的柔软
因为有水,山才是岸,才有可以依靠的坚强

山不在高,有水则灵。山与水相逢
或许只是一片沼泽,一座岛屿
水不在深,有山才形。水与山相逢
或许只是一片泥泞,一座雪峰

男人是山,女人是水
当水遇上山,不妨爱情,爱到海枯石烂
当山遇上水,不妨纵情,生一大堆孩子
在森林里自由地行走、歌唱和飞翔

2015 年 10 月 19 日于青岛

爱你

因为寒冷
爱你，更胜于爱暖气片
因为你比暖气片更为柔软

因为黑暗
爱你，更胜于爱灯光
因为你比灯光更为温暖

因为孤独
爱你，更胜于爱月亮
因为你比月亮更为遥远和让人幻想

因为荒芜
爱你，更胜于爱春天
因为你让我内心长满青草和放养牛羊

因为伤痛
爱你，更胜于爱毒品
因为你比毒品更易麻醉和虚幻

因为快乐

爱你,更胜于爱音乐
因为你比音乐更不可思议和莫名感伤

因为漂亮
爱你,更胜于爱一幅画
因为你比画更为立体和质感

因为爱情
爱你,更胜于爱诗歌
因为你比诗歌更让人读不懂和迷狂

爱你,只想简简单单
爱你,只想把两颗心
一同掏出,一起滑入
装满清水的玻璃缸
像两尾金鱼,在透明中嬉戏和翱翔

2015 年 11 月 15 日于北京莲宝中路

性感红唇

太阳，涂着厚厚口红
两张紧紧闭合着的唇
很性感，很热烈
刚刚吞噬一颗迷航的彗星

即便千年的寒冰
绣口一吹，烟消云散
融化殆尽
即便路途遥远
经历一光年的黑暗
她都会点亮一盏诱惑

任何一颗伟大的行星
走到她的面前
都是渺小。可以忽略不计
可以轻易抹掉

2015 年 11 月 19 日于北京复兴路

美可愁人,亦可倾国

八百年的周王朝,铁打的江山
居然被冷美人褒姒轻轻一笑烧成灰烬
6000度的高温,黄金也足够烧成一缕夕阳
铜筑的镐京也经不住一场人为的攻心内火

唐明皇是哭死的。华清池里全是帝王的泪
马嵬坡一别六年。无人再敢露天泡咸水温泉
再强壮的盛唐,也经不住眼中的雨天天崩缺
只为想念,让诗人都垂涎的那堆性感白肉

吴三桂的头上长树,根根直立
根根像张仲景用来针刺中原的银针
只为常州奔牛镇那朵开得异常娇艳的红芍药
断送朱元璋三百年的汉家王朝

媚祸并非仅起于几千年前的妺喜
殃民并非仅止于几千年后的慈禧
山可拔,河可吞,英雄气短,儿女情长
敌不住的却总是那薄薄的几张妹纸

喜怒哀惊恐爱,都是折寿的妖障

一块石子刺穿湖面,泪腺迸裂
唉。唉。唉。何以轻易又动情
妹妹,请撕几张卫生纸,哥哥揾泪

2015 年 11 月 24 日于北京复兴路

一盏灯

一只戏水的野雁
就足够点燃一个春天
一朵出水的红莲
就足够点燃一个夏天
一棵站在路边化妆的银杏
就足够点燃整个秋天
一片在冰上跳芭蕾的雪花
就足够点燃整个冬天
一根火柴就足够点燃孩子的梦想
一篇童话就足够点燃时间的温暖
一张旧照片就足够点亮一段回忆
一首老歌就足够重新点亮青春
一条老街巷就足够点亮乡愁
一口老味道就足够重新点亮童年
一本书就足够点亮灵魂
一盏灯就足够点亮一隅黑夜
而唯有你，才能够点燃我的人生
点亮我内心沉重而浑浊的黑暗

2015 年 11 月 24 日于北京复兴路

她的背影

背影是当年离去，逆着光
代我送行，那团擦拭不净的黑
撕不毁的一片薄薄剪纸
把白留给了自己
却把思念拷贝给了时间

一个比铸铁还坚硬的模具
当年青春靓丽的你脱模而去
想必如今也被岁月摧残，走形
一如苍老的我。而那个背影
却被我珍藏，完好如初

2015 年 11 月 26 日于北京复兴路

风中的思念

思念在风中,撕成碎片
像雪花,从东城到西城开遍
当年托付书信的那只受伤大雁
又飞过草原,飞过高山,回到河边
蒹葭苍苍,冰面之下,水仍绵延
旧时相识,芦花如棉。已不是当年
红花绿柳才是春天
当初既已说再见
如今何必再苦求相见,不如怀念

2015 年 11 月 27 日于北京复兴路

午夜,风从内心经过

当那个女子再也没从窗外
蹑手蹑脚悄然经过
只有明月依旧
苦恋着荒废的小楼

那件手织的羊绒旧背心
洗了又洗,补了又补
是张密不透风的网
仍然趴在身上,囚禁着心脏

破了的窟窿,走了线
一针一针织进岁月的那缕风
乘机逃脱,不知去向
心在破损的地方感受到了凉

当一朵花开的声音
恰巧被听见
深更半夜,比蛙鼓
更让人心惊肉跳

2015 年 11 月 30 日于北京复兴路

逃避爱情

逃避一场突发的思念
躲避你,躲避桃花癣
春天盛开时,躲避花粉过敏
为什么能点燃时间的美丽
却点燃不了角落里那堆石棉
年年每到这个季节
仍然湿气攻心,长满蘑菇
想起你来,仍像当初
关节酸痛,夜夜失眠

2015年12月6日于北京莲宝中路

情深

深不见底的一口井
心尖上挖下去的洞
永不干涸

你的离去
是一场旱灾
一旱二十年

你的重见
是场暴雨
眼睛决堤

人生能有
几个二十年
可以如此荒废

2015 年 12 月 10 日于合肥返京火车上

影子总在我们的反面

我曾经被反复劝诫,要倍加小心
提防被阳光抖落的东西,包括灰尘
黑暗。没有重量。可能隐含致命剧毒
因而,长期以来,我对所有的道德评价
都充满先天的疑惑和怀疑
我不相信善,也怀疑恶
我不相信春天,也怀疑冬天
我不相信直立行走的伟大
也怀疑匍匐在地的卑贱
亲吻过眼镜王蛇嘴唇的女巫
橱窗里身着时装的人偶
影子和脚被一种万能粘胶锁定,铐住
肉身在现世奔逃
灵魂却在身后拼命追赶
如一道甩不掉的黑影
投射在四维空间之外,平行世界的
水面上,扁平得可怜

2018 年 3 月 26 日北京复兴路

面对春天,我只有欲望,没有思想

别不相信我的真心话
面对春天,就像面对你
我只有欲望,已没有思想

2018 年 4 月 24 日高铁 G87

我愿意瘦,如果瘦是一种病

我愿意瘦,如果瘦是一种病
我愿意瘦如一朵盛开在寒秋里格外妖艳的菊花
我不清楚,究竟因为瘦才病,还是因为病才瘦

我愿意瘦,如果瘦是一种病
我愿意瘦如因收割峨眉山而豁口的一弯新月
我不清楚,究竟因为瘦才病,还是因为病才瘦

我愿意瘦,如果瘦是一种病
我愿意瘦如发黄宣纸上一个个苗条的宋体字
我不清楚,究竟因为瘦才病,还是因为病才瘦

我愿意瘦,如果瘦是一种病
我愿意瘦如一首小令,不再像唐诗三百首
我不清楚,究竟因为瘦才病,还是因为病才瘦

我愿意瘦,如果瘦是一种病
我愿意瘦如杜甫的一声长叹和忧伤
我不清楚,究竟因为瘦才病,还是因为病才瘦

我愿意瘦,如果瘦是一种病

我愿意瘦如一条枯水期的溪涧
我不清楚，究竟因为瘦才病，还是因为病才瘦

我愿意瘦，如果瘦是一种病
我愿意瘦如大漠里升起的一束不肯弯腰的狼烟
我不清楚，究竟因为瘦才病，还是因为病才瘦

我愿意瘦，如果瘦是一种病
我愿意瘦如穿在你身上的那条洗得发白的牛仔裤
我不清楚，究竟因为瘦才病，还是因为病才瘦

我愿意瘦，如果瘦是一种病
我愿意瘦如你送我的那缕头发
我不清楚，究竟因为瘦才病，还是因为病才瘦

2018年5月17日中国银行总部

若我能如此一直安静下来，一动不动，就会被尘埃掩埋

安静如一棵树，椴树
或如一块石头
没有生命，不会发怒
纵容时光，或容忍沙尘
一天一天无声地落下
掩埋掉脚踝，掩埋至膝
掩埋掉腰，掩埋至胸
掩埋掉脖子和头
百年前的玉
千年前的剑
万年前的化石
都在泥土的下面
满是黑暗

2018 年 5 月 28 日北京莲宝路

在新清华学堂听柴可夫斯基降B小调钢琴协奏曲和贝多芬第七交响曲

如此抽象,不着文字
没有一个词汇
没有语言
很多音符预谋已久
从琴键上、琴弦上、鼓膜上和号管里
像雨点
逃逸出来
蜂拥如泼洒滚动着的黄豆
在舞台上集体暴动
一首脱掉语言外套的诗歌
赤裸着身体
从水里站出来
没遮拦
古典得没有一点渣滓
过于干净

2018年6月29日清华大学新清华学堂

早餐在老家肉饼店买油条

住地楼下的街边开有一家老家肉饼店
生意兴隆
早上进店的门口在炸油条
看着样子虚浮的热卖品
让我联想到很多被诗歌煎炸着的诗人
那些发酵好的面团
充满水分、青春、柔软、弹性和活力
成双成对沉入满是油的锅底
然后逐渐被炸干,开始鼓胀、酥脆
变得比油还轻,飘在油锅上
唉,都是被岁月炸得金黄的诗人
就像一朵朵被寒风炸开
怒放着的蟹状菊花

2018年7月15日北京莲宝中路

北京西城

北京的胡同,我最喜欢的还是南锣鼓巷
因为它的北边垂直连着后圆恩寺胡同
我去时那里出奇地宁静
不用竖起耳朵,也能听清老槐树在说话

我希望我能用一根牙签
把深藏在胡同里蟋蟀的抒情和名人故居
——剔出来,像剔牙缝里的肉渣
剔干净北京的牙齿

北京的水,我最喜欢的还是什刹海
水流从银锭桥下淌过
仿佛古老的时间刚从身上迈过
不惊扰我的身体

蝉在柳树上嘶声鸣唱
就像在老纺机发出的叹息
把整个秋天
捻成一条条牵着天空的风筝线

月坛我去了,然后又忘了

陶然亭我去了,然后也忘了
牛街我去了,然后让舌尖每一个味蕾
像花朵,因老北京的味道,盛开不谢

城西之城,站在钟楼或鼓楼上西望
能看见西山落日的地方
有一半是火,有一半是你
我从中间走过,像一叶扁舟

      2018 年 7 月 31 日北京复兴路 69 号

铜瓶子是座坟,里面囚禁着我的灵魂

别偏听偏信渔夫一面之词
事实是
我自己将自己
已压抑五百年
缺氧
而突然意外膨胀的灵魂
一点一点
重新折叠起来
抽掉真空
重新塞进胆形黄铜瓶子里
请渔夫一定用锡纸重新封口
重沉大海

我歌颂黑暗,当阳光匿藏着邪恶
我歌颂软弱,当坚硬如刀锋利,切割着伤口

2018年9月28日北京中国中铁A901会议室

在首都机场 T2 航站楼候机

迎面走来的是和尚

穿着杏黄色的袈裟

头上留着短短的发茬

拐过弯，还是一个和尚

穿着杏黄色的袈裟

头上留着短短的发茬

下了电滚梯

在楼下，又是一和尚

穿着杏黄色的袈裟

头上留着短短的发茬

他们长得都比我高大英俊

不是一个登机口

赶的不是一趟航班

都和我一样

在此候机

2018 年 10 月 25 日北京首都机场 T2 航站楼

无意中想起一个女孩

这女孩后来我还见过
不止一次
当年在北京
她还没黯然返回成都
给我的办公室
送过四小盆仙人球
现在仍然摆在
我办公室的窗台上
这么多年
我从来不浇水
其中一盆已死掉
剩下的三盆仍然旺盛生长
像击向空中三只带刺的拳头
而她,据说早已嫁人
并生了孩子

2018年10月31日北京复兴路69号

拔刀

嚯地，拔出刀
当。当。当
在砧板上比划
发泄
然后，茫然若失
用三秒钟时间
想了想
把菜刀插回刀架上
叹了口气
悲从中来
眼泪莫名地掉了下来
金庸都死了
自己还在这比划个啥

2018年11月1日北京复兴路69号

扫地僧

哈雷彗星扫过天际时
正值秋天的傍晚
没有云
他抬头望望
然后又低下头
一扫把,一扫把
认真扫着地上的红叶黄叶
扫着寺庙稀疏的钟声
好像一切都在身边
都与他无关

2018 年 11 月 2 日北京复兴路 69 号

我将远离平庸,就像远离母亲的子宫

子宫是肮脏的
站在道德的至高点上
随便怎样给我定义
我都无法抗拒
因为子宫连着性器和血
当我决定离开这些人
远离平庸
带着母体的污秽和悲怆
我头上、眼睛上、耳朵里
嘴里和身体上的
混杂着屎、尿和火焰
令人作呕的恶臭
都可以洗净
可是命定为天鹅的基因
无法从我染色体中
剔除
或替换下来

2018年12月7日北京复兴路69号

第二章　梟

操场

一圈又一圈,很无聊
环绕着校园的操场行走
说着不着边际的废话

你我就像两条软毛线
把那个黑夜紧紧裹缠成
一个巨大解不开的线团

多年后,再相见
你用不解的目光询问
当初就不能一起干点别的事

比如牵手,拥抱,或亲吻
或别的出格事。甜蜜或痛苦
可以如今一起在笑声中回味

听说原来操场的位置
新建了一栋漂亮的教学楼
有机会可以带孩子去看看

2015 年 12 月 27 日于北京莲宝中路

我想去这样一个地方

不管是繁华,还是贫瘠
只要这个地方有你
就已足够。其他都不重要
其他都是多余
其他都可以舍弃

最好这地方就你和我
就像当年亚当和夏娃受蛇蛊惑
在智慧树下争食同一只苹果
全身赤裸,心燃如火
无须衣裳,无须面具和做作

实在寂苦,感到孤独
和时间划伤的痛处。既不养狗
也不养猫,养一个孩子的哭喊和笑闹
若还厌不够,接着分娩肚子里的央求
再另增养一个孩子的烦忧

2016 年 1 月 21 日于北京复兴路

冷战

就像下围棋或五子棋
你选了白,我就是黑
就像下中国象棋
你爱上西楚霸王
我就是汉王刘邦
从毁灭的未来穿越回来
你选择了美利坚
我只有靠向苏联

对弈虽然是游戏
仍然四处狼烟
常也废食因噎,气不下咽
相对无言,或者耍赖装癫
不是冤家不碰面。是前缘
是前世结晶的幽怨和渊源
即便是爱,一些争论和意见
冲突和战争,如何避免

旁观者往往以为核战
一触即发。柏林墙是永远
无法推倒,或跨越不了的槛

其实都是假象
不像外人以为的那样
无可救药的剑拔弩张。散
该吃饭时还是一锅里吃饭
该睡时仍借孩子名义挤一床

      2016 年 1 月 23 日于北京莲宝中路

温暖的情话悄悄发芽

积攒一冬的豆子和孤寂
全数倒出来
春天来了,都倒进碗里
倒在盆里,倒在缸底
叮叮当当笑成一团
铿锵得很坚硬。像笑话
很圆。椭圆,努力表白
似乎总显得缺少润度和诚意

舀几勺冰凉的清水
先泡24小时。把读过的诗篇
翻出来再读一遍。悄无声息
闷在黑暗里。反省,膨胀
散发热量。保持通风和透气
避免因窒息而腐烂
补换干净的水。躲避阳光
滋养肉体和灵魂

给予足够的时间发酵
我就会开始萌发和变暖
变得不再尖锐和干燥

将苍凉转化为光芒
将锋利转化为柔软
在你怀里开花，黄色的嫩芽
待哺的婴娃，嗫嚅着
鸟巢里生长着的嘴巴

      2016年2月25日于北京复兴路

我们说好的

说好的将冬天焚烧干净就是春天
说好的沿河床一路走到黑是大海
说好的自转一圈就是一天
说好的绕太阳一周就是一年
说好的夜里念一声佛就不再怕黑
说好的孤独时想着我就不再怕鬼
说好的桃花落尽仍没归来就再等一次花开
说好的要用一支卢笛将一只弯月吹得滚圆
说好的会竖起耳朵听竹子瓣指关节的声音
说好的要捕捉每一声布谷的哭泣绣在路上
说好的追逐每一只萤火虫缝补夜的窟窿
说好的不管离得多远我们终将相爱
说好的即使不能相爱我们也将思念
说好的即使不再思念我们只剩祝愿
说好了的,在你我那里存在着两个完全不同的版本
差异很大,疑点很多,死无对证
一些没有录音佐证的记忆仍然在雨中浮浮沉沉

2016 年 3 月 6 日于北京莲宝中路

引渡

不管逃到哪里,天涯海角
或海角天涯之外
你都是在逃犯
我都将找到你,我的爱人
我都将把你引渡回来
即便你申请了政治豁免
我也将强行把你引渡回来
我们的孩子,监狱长
仍将把我俩长期羁押在一块

2016 年 3 月 9 日于北京复兴路

只想陪你一直到老

越是俗不可耐的话就越喜欢
什么山珍海味,天下美食
不过就是水煮鱼、麻辣烫
没想到鱼翅和熊掌居然如此难吃

越是烂俗的语言,长鸡皮疙瘩的话
就越想听你重复千遍。百听不厌
比如"爱""喜欢""亲爱的"
比如,我将一直在这里看着你慢慢老去

越是庸俗的想法就越喜欢你直接说出来
无须拐弯抹角,考验我心理承受的底限
冬天实在太冷,舍得那把吉他当柴烧掉吗
春花开得实在艳,能帮忙折一朵插头上吗

和你在一起,已不懂烂漫,不懂高雅
从来不谈爱情,谈爱是婚前的事情
只争辩孩子,希望孩子茁壮成长
当孩子长大时,我们都将同时老去

2016年3月9日于北京复兴路

你是我心中最柔软的痛

柔。软。柔软。很柔软
比水滴还要柔软的柔软
长年累月,从不间断地
在顶上,滴答,坠落
像死死衔住母亲奶头的
那张稚嫩无牙的嘴
像时钟上昼夜不知疲倦
拼命奔跑的秒针,一把剑
流星是金刚钻
划过玻璃的表面
早已被拆得七零八落
失去抵抗能力的一颗心脏

2016 年 3 月 11 日于成都天仁宾馆

情人劫

这一劫,就是永恒
138 亿年前
仅仅只是一个无限小的奇点
拥有无限大的物质密度和质量
拥有无限大的压力
拥有无限弯曲的时空
大爆炸后至今
仍然没有尽头的剧烈膨胀
是空间。时间跟着逃逸
所有的星球
都是深耕在时间土壤里的种子
都会发芽,开花,结果
而我不关心这些
我只关心地球上的你
会开出什么样的花
会结出什么样的果

       2016 年 3 月 15 日于北京复兴路

邂逅,一道风景

春天,我邂逅一株强健的牵牛花
一见我就止不住咯咯地笑个没停
不说话,不知道为什么如此高兴

水里,我邂逅一尾锦鲤
痴迷地舞着一条长长的红绳
腰肢柔软得像个职业舞蹈家

夜里,我邂逅一只萤火虫
独自鬼鬼祟祟提着灯笼
满腹磷火,赶路赶得何其匆忙

在高原,我邂逅雪山唐古拉
秃鹰的尖叫把我拖上呼吸急促的海拔
梦里如同一只刚出生的藏羚滚下山崖

公主坟,我经常邂逅一群乌鸦
它们从来也不问我是谁从哪来
从来不问我在北京是否已安家

书里,我邂逅一个诗人的灵魂

他说他的肉体早已腐烂。仍躲在这里
絮絮叨叨，求人寻找一粒遗失的种子

当我走出大门
走上公交，走进地铁
我突然被整座城市邂逅
被一股风出其不意地撞了个满怀
一级台阶伸腿将我蹩了个趔趄
把我的一只鞋子摔成严重的骨折

2016年3月18日于北京复兴路

我感到幸福

幸福如果只是对环境的感觉，
痛苦却是导致心死的真实出血。
——摘于王昌耀的诗歌《两只龟》

乘夜色深沉
乘睡意蒙胧
乘神出和鬼没的时候
悄悄摸进屋子
摸上床
摸进你梦里的
除了春天
除了温暖
除了爱
一定还有点什么
至今
都没让你察觉到的东西

2016 年 3 月 22 日于北京复兴路

香径

小路因相思
瘦得异常曲折
如何还能够犀利地穿透
那些草丛
那些灌木
那些盛开在草丛和灌木上的花朵
那些晨雾和梦想
来到河边
与朝阳和云做伴
让我第一次见到你
至今
仍然疑云重重

2016年4月12日于北京复兴路

挣脱

目光如胶糖
有人在绝望中挣扎

时间如绞索
有人在拼命逃躲

季节如蛛网
有花朵在静默中开落

历史如外套
被一件接一件剥脱

爱如海
刚试水旋即溺死

黑夜如蛋壳
被灯轻轻啄破

肉体如壶
心脏像水被煮沸

青春是负氧离子
吸入肺里

你是特效药
专治我病

2016年5月12日于成都新华宾馆1402

邂逅

瘦得只剩皮、骨头和心跳的
释迦牟尼，终于走出山林羁留
苦修的迷茫。邂逅一棵毕钵罗
发誓："不证菩提，不离此座"
若不悟道，树不会改名菩提树

被秋天环环引诱的牛顿，在花园
邂逅一棵苹果树。因风，因雨
或其他原因，曾经视而不见的
那只苹果，若不从树梢舍身跳下
将拒绝发现万有引力，藏着的上帝

春天，我在北京玉渊潭
邂逅一棵樱花树，邂逅你
邂逅白蝴蝶和一段弯曲的记忆
你若不来，我将化身独裁者
命令这棵樱花树从此不再开花

2016 年 5 月 20 日北京复兴路

我这样想你

把想,揉搓成团
像一张废弃的白纸
蜷曲成一只轻巧的白色棒球
用尽全身的力量,掷向你
就像当年孤注一掷地做某事

你在镜中。想象你像我,想你
一样想我。隔着一层坚硬的透明
隔着目力足够清晰的距离
隔着一层柔软没有温度的虚无
弹回来,在一声撞击声后

反弹回来的力道同样强烈
没有丝毫衰减的迹象
像一粒走着抛物线轨道的子弹
狐步地命中十环
我的心脏是靶心

镜像是些电子汇聚
集成的大数据库
玻璃不是金属

即使伪装成富含水分的介质
其实你我都明白，那是绝缘体

2016年6月8日北京莲宝中路

鹊桥仙

平平仄仄平平
朝朝暮暮朝朝
总想寻求一种别样的合辙押韵对仗
写一首古诗
或填一阕56字的宋词
无非银河
无非隔着银河亘古不变的孤独
无非鹊桥
无非凭借鹊桥一年一度的私会
冲破重重限制和约束
无非人间无非神仙无非再见
无非夜晚,你和我
隔着时间的河和无边界的忧伤

2016年6月27日北京莲宝中路

长相思

抱歉,我已不再能像红豆一样思考
豆子都无脑,杏花仍然太闹
所有的种子都得磨成粉末
滤成浆汁,用水调的石膏勾兑
才能转化为一碗入口即化的柔软

抱歉,我已不再能像枫叶一样
在一块手帕上持续咯血。不能再像
杜鹃,一个绝望的坠楼自杀者
从一棵树的最高处,枯萎着
把阳光和寒含在嘴里。跌落

抱歉,我已不能再像蜡烛
没有长出自利的心脏
燃烧自己,折磨自己,一寸一寸地灰
毁灭自己,把自己磨成一把锋利的匕首
刺进夜的肉里,让黑也能尽情流出一种液体

亲爱的,我已不再像秋天的月亮
像导弹,准确地落进一眼井里
安静地爆炸,爬不出的垂直

亲爱的，我已不再像迁徙的孤雁
神经衰弱于弓弦拉动的声响
轻易地失控于哭的击伤
抱歉，我已不再纸上写信，不再发邮件
如今我已不再相信时间和谎言
我只相信闪电，不再相信思念和流年
亲爱的，真的，我很抱歉

      2016年6月28日北京莲宝中路

你是我梦中的那团烈焰

我的梦是一张铺展开来的宣纸
薄得近乎透明
经不住你这样的涂抹
很多古树都生长在上面
很多古老的地质运动都在上面
制造巍峨
再韧,也经不住你这样的揉搓
和折磨,很多的皱褶和沧桑
更经不住你这样的撕捅和裁剪
经不住你这样日夜无休止地纠缠
和焚烧,一寸一寸地断
像佛前的一炷檀香

我的梦就是一幅躲过千年劫难的古画
落满尘埃,表面粗糙,满是裂痕
藏在墨里的温度却拒绝降至燃点之下

你是馅,梦是面
我的白和柔软
就着水,紧紧包裹着你
煮在沸水里

蘸着醋、酱和香油
如此简单
是我经年不变
逢年过节的一日三餐

      2016年7月27日北京复兴路

病入膏肓

这条河是故乡丰满的乳房
已经病入膏肓
像春秋战国时期的蔡桓公
除了扁鹊
没人看得见死亡
曾经很多头颅
都像秋天里成熟的柚子
被刀砍下
浮在河滩上
像长着毛发的鹅卵石
曾经很多无辜的血
都从身体的裂缝里决堤
被河水稀释得很白
色素了无踪迹
也没有腥臊味道
很多喝着这条河的奶水长大的人
走遍天下
仍然在日夜歌唱着这条河
像春天里一只只找不到家的杜鹃

2016年7月28日北京复兴路

鹊之桥

谁在黑暗中刻意收集
那些飞翔的碎片
剪碎的旧照片
撕碎的信件
用一年的时间
反反复复
滴滴点点
去认真粘连
可以连接距离的虹
一道跨度极大的弧
一座抗压能力极强的拱桥
一条让人喘息的曲线
在失重的天上
多少牛顿的力量
才能轻而易举地压塌一种对抗
烟消云散,虚幻
也许只有真正爱情
毫不起眼的那么一丁点
却是密度无限大的一种神秘存在
像一个黑洞

2016年7月29日北京复兴路

伏在你的窗前我的眼

埋伏在窗前
像爬山虎
攀缘着的凌霄
一串口含黎明的牵牛花
灯光刺伤你的石榴裙
梦是一只肥硕的蚕
吐着黑颜色长长的丝
夜是只巨大的茧
里面缠绕着我的眼
我的心脏，跳跃着的波澜
像怎么拍也拍不死
藏在皱褶里的一只小跳蚤

2016年9月2日北京复兴路

逻辑牵着思维的笑声染白
九月十日的头发

死亡，还在陆续死亡
像外出觅食归巢的蚁队
木匠弹在地面上的一条墨线
活着，仍然坚韧地活着
像藤蔓上持续盛开的清晨
脆弱如飞不动的蝴蝶
To be or not to be
线性的拼音文字翻译成方块字
由点到线，由线到面
需要走多远路程
逻辑仍然是线性的
一道难解的代数习题
思维却是跳跃的
一只受了外力刺激的皮球
被咯吱着的胳肢窝
笑声像爆米花
从烧热的铁质转炉里冲出
像樱花花瓣
轻飘飘地落在九月十日的日历上
头发突然失血，打结，总难梳顺

弃我去者，如今在哪里
乱我心者，为何从不离左右
昨日，曾经是某人的祭日
今日，一定有会影响未来的人出生

2016 年 9 月 9 日北京莲宝中路

被一枚生锈的钉子扎破脚心

课间时
跑到学校旁边的荒草地里捉迷藏
被一枚垂直于地面生锈的钉子
刺穿鞋底
扎破脚心
当即我就哭了
不是因为痛
而是因为我想到了破伤风
想到了死
同学劝我：只破了点皮
没事的
把血挤出来就不会破伤风
我擦干眼泪
脱下凉鞋
用力从伤口挤出一滴血
晚上回家也没敢告诉父母
更没去医院做任何处理
提心吊胆了多年
我常觉得
我是侥幸活了下来

2018年3月1日北京复兴路69号

飘荡在坪阳村上的炊烟
是根没剪断的脐带

天上的云朵被一点一点喂大
村庄也不见消瘦
再也没见过这么有耐心的轻柔
坐在田坎上
想象自己仍然坐在田坎上
仰头看着天上的白
好没意义
静静地长时间无所事事地发呆

2018年6月13日北京复兴路69号

第三章　燊

喊老婆

我每天都要大声喊几声：
"老婆。老婆。老婆"
不管老婆在不在身旁
有时，老婆问我：
"你究竟在喊什么？"
我回答说："别人念佛，我喊老婆
同样都是一种悟道修行的方式和法门"
老婆听后，先是一愣，后是大笑
就像春秋战国时期一个闻道的下士
有人深信，佛念着念着就能悟道
我也深信，老婆喊着喊着
就可以抵达天堂

2016年6月24日北京－贵阳Z6188航班

拥抱

没有被雪拥抱的山
不会取名叫乞力马扎罗
没有被春天拥抱的雪
不会感动得满面泪流

没有被黑暗拥抱的灯火
不会被注目成一种启示
没有被朝阳撕咬过的黑暗
不会感触到手指从黑发中穿过

没有被你拥抱的我
仍然是漂浮在湖面的水葫芦
没有被孩子拥抱过的你
只是一朵含苞的石榴

2016 年 9 月 13 日北京复兴路

一个人的时候

一个人的时候,想死
想死的问题是如此深邃
想找死
想生还不如死
想还将如此无趣没有丝毫改变地生活多少年
想什么时候才能真正如此了无牵挂安静地死去
想死后,谁会来现场吊唁,送你入土
再见最后一面,打捞你的容颜
谁会一声叹息
谁会当笑话,告诉大家:某某也真的死了
而谁又会在像今天一样,一个人的时候
专为我默默流下一滴眼泪

2016年9月20日北京莲宝中路

蓝色深情

把大海用明矾提纯为晶体
把天空用风筝提纯为梦幻
把你用思念提纯为忧伤
我手中的蓝是一种坚硬
我心中的蓝是一种柔软
像碳分子
不同的结构排列
导致迥异的物质外表
我眼中的蓝是一滴泪水
足够淋湿今年的整个秋天

2016 年 9 月 29 日北京莲宝中路

等你归来

用短短十个月时间
穿越 40 亿年时光
将漫长而艰险的进化路
重走一遍
像孙悟空的 72 变

子宫是航行在母体内的一艘航天器
从单细胞生物到原始植物
从无脊椎到有脊椎
一个月时还长着鳃，像鱼
两个月时还长有尾巴，像猴

一步步走来
一步步归来
像划过宇宙边缘的彗星
降生人间
很多人把灵魂遗忘在来处

2016 年 10 月 13 日北京莲宝中路

给谭又嘉

日有所思,夜有所梦
刚出生几天
能有什么人生经历和感悟
整天做梦。闭着眼睛
一会儿咯咯地笑
一会儿哇哇地哭
不知道在笑什么
也不知道在哭什么
也许仍然痛苦着前世的痛苦
愁没愁完
也许仍然幸福着前世的幸福
乐没乐够

2016 年 10 月 15 日北京莲宝中路

牵念或者忘却

其实没有什么本质的不同
牵念和忘却是一枚能够翻转的硬币的两面

牵念是一种疼痛
忘却是另一种疼痛

思念是一只茧
抽剥出来的不知道会有多远

忘却,就是藕断,丝也断
用笔记下,就是试图织成绸缎

隔着时间的洪流
牵念是桥,忘却是悬崖绝壁

灵魂是压成型的黑巧克力
随时都可能掰成几块,含在嘴里

记住应该记住的,遗忘应该遗忘的
牵念往往不如一开始就忘却

2016 年 10 月 17 日北京地铁 2 号线

天在下雨,我在想你

把一场雨埋伏在内心
就像把肖邦藏在琴键的下面
捕捉任何一点风吹草动

因一场雨,想起另一场雨
因一道菜,想起另一个地方
因一句话,想起另一个人

院子里的芍药花开了
含羞草收拢了翅膀
蛐蛐躲在阴暗地,低声抽泣

想起那座土山上的那栋房子
青砖黑瓦,瓦上下着小雨
有一扇窗户朝向远方

2016 年 10 月 20 日北京莲宝中路

盈盈秋波

星星和月亮是黑夜的眼睛
太阳和鸟儿是天空的眼睛
湖泊和森林是大地的眼睛
窗户和露台是房子的眼睛
蚯蚓和泥鳅是泥土的眼睛
鱼虾和螃蟹是水的眼睛
蝴蝶和蜻蜓是山路的眼睛
花朵和果实是植物的眼睛
目光是一种波和微粒子
具有物理双重属性
交织着我
像一只饥饿的蜘蛛
像凸透镜
刻意捡起的一个焦点

2016年10月21日北京莲宝中路

我把诗歌扛在肩头

喜欢你像蕨菜一样举着拳头
喜欢你的头发像春草疯长
喜欢你咧着嘴笑和咧着嘴哭
喜欢你爬满红蚂蚁的脸
喜欢你眼屎吧啦的黑眼睛
喜欢你光着屁股不怕羞和丑
喜欢你肉肉而性感的小肥腿
喜欢你梦里说着外星人的语言
喜欢你拉的屎和尿
喜欢你嘴角淡淡的奶香
我的宝贝,今天你满月了
快快长大吧
再过些时候,过了这个寒冬
待到明年春天
我不再把你仅仅只抱在怀里
我将把你高高地扛在肩头上
让你骑在我的脖子上
因为你就是诗你就是歌
你就是一个初升的太阳
照亮我内心因岁月长期积淤下来的黑暗

2016年10月28日北京莲宝中路

寒冬的相思

相思，其实是书页里无意夹着的
压扁了的，枯萎着的那片月光
干透了，拧不出水，变成某种易碎品

寒冬就是那本厚重的精装礼品书
坚硬而冰冷地竖立在书架最显眼位置
手指一遍遍滑过，却从无抽出阅读的勇气

因清扫尘埃，或其他莫名的原因
偶尔翻开，薄薄轻如鸿毛的时间
便让人惊讶地幽灵般无声无息地飘落下来

一股子杨梅雨的陈年味道
瞬间，如一道闪电。寒透
心如一只速冻饺子，丢进了沸水里

2016年11月8日北京复兴路

如果爱,请深爱

墓碑是一个个巨大的惊叹号
直愣愣插进黄昏凸起的乳房
凝固的幡,收集着思念和烟雨

钥匙环串着门的牙齿
磕磕碰碰。在山径上打着寒战
没人在意乌鸦的警告

一道几何代数推导难题
过去无法更改,是给定的前提条件
现在已被过去锁定,动弹不得

如果每一件将要发生的都遵循因果
都存在着内在的、隐秘的、无法更改的
线性逻辑。那么未来也是不可更改的宿命

就像鳃爱着水,肺爱着空气
红叶爱着秋季,我深爱着你
命中注定,死心塌地

2016 年 11 月 15 日北京复兴路

早晨

天还没亮,窗外漆黑一片
刚满两个月的孩子
就在母亲的怀里醒了
关着灯,就使劲哇哇地哭
开着灯,就使劲睁大眼睛
盯着天花板的一个角落
呵呵地说着谁也不懂的话

女人说,孩子一定是看见
我们大人看不见的
或早已经忽略的什么东西了

2016 年 11 月 28 日北京复兴路

隐痛

暗藏在亚当.斯密《国富论》里的
暗藏在哈耶克《通往奴役之路》《致命的自负》里的
暗藏在厚厚纸页里的
阳光下的密道
黑夜里的花朵
被无数先烈前仆后继呵护着的火种
从来就没有被人为锁进保险库的
并没有像某些人说的那样裹了又裹藏了又藏的
是这个民族的隐痛

2016 年 11 月 29 日北京复兴路

过敏

天生就对大米小麦花生大豆坚果不过敏
天生就对牛奶鸡蛋蜂蜜鱼虾昆虫不过敏
天生就对牛羊肉猪狗肉鸡鸭鹅肉不过敏
天生就对花粉屋尘螨虫霉菌细菌不过敏
没有青霉素庆大霉素磺胺等药物过敏史
是的,我天生迂钝,笨嘴拙舌,蠢得要死
时常觉得脑子不是自己的脑子
身子不是自己的身子
脚趾不是自己的脚趾
我也很奇怪,在这世上
为什么唯独是你
一颦一笑,总让我心惊肉跳
一语一字,时常让我茶饭不思
你的一次手指尖无意间简单的碰触
却让我浑身瘙痒,经年不忘
像诗经里那个几千年前
小心翼翼学水鸟说话的男子的鬼魂
附体,辗转失眠

2016年12月9日北京复兴路

虚无的爱情

远山是条蜿蜒的钢锯
锯着暮色
用什么消音
居然如此安静
雷声是偶尔泄漏出来的秘密
隔着苍天的厚度
我怀疑
总以善的面目呈现的
极其可能是恶
总以爱情名义出现的
有可能并非爱情
就像当年的你
曾经深信
一条河的流淌
一定能够抵达大海
一朵花的盛开
一定会有某种芬芳
有一个人驻守在身边
就一定会幸福

2016 年 12 月 14 日北京复兴路

冬藏

一场雪正在埋葬另一场雪
一股风正在追捕另一股风
一个谜正在霾着另一个谜
屈原说：请葬我以水
黛玉说：请葬我以月光
洛夫说：请葬我以雪
马丁．路德．金说：请葬我以梦
斯蒂芬．威廉．霍金说：请葬我以时间
冬天，我请求你，我的爱人
请葬我以你最最深情的目光

2016 年 12 月 23 日北京京都信苑饭店四楼会议厅

邂逅之后

菊花如期盛开时，酒已酿好
你有诗书三百卷
我有一柄封藏多年的剑
冬雨悱恻缠绵
梅花都很奇怪地盛开在梅树上

不再盛开在日渐坚硬的梦里
当年的那棵梅花树下
曾经的一声淡淡的问候
"噢，你也在这里呵。"
红印章一样，轻轻地盖在心上

2017 年 1 月 5 日北京复兴路

情人节表白

因为烂，所以爱
因为思，所以在
因为爱，所以烂
因为你在，所以等待
因为你爱，所以痴呆
因为爱你，所以终于彻底没救地变坏

2017 年 2 月 13 日深圳机场

回眸

眼珠子足够深
足够圆
足够转动
就会黑
就会比圆规 2B 的铅心
那条叉开的瘦长腿
还要软
就可以以颈椎为轴心
向左
或向右
旋转 180 度
就是漂亮的半个圆
就是一道足够惊心动魄的弧
蛾眉宛转
从马嵬坡重新走回长安
也是一道足够距离的弧线
骑着马
也得走上一年
从弧上滑过的目光
吸够水分
变得足够沉重

就足够压弯唐明皇的脊梁
就足够压垮整个盛唐

  2017年3月6日北京复兴路69号

幸福

筑巢在心底的一只小红蚂蚁
时不时就苏醒过来
无所事事,莫名其妙就张开螯
在最内部最深最隐秘的地方
冷不丁轻轻咬上一口

2017年3月22日北京复兴路69号

植树

和女儿与妻子一起
把 2017 年 4 月 15 日这个日子和春天
一并种在北京怀柔桥梓镇茶良路路边的泥土里
然后,我们会在风雨中一起慢慢老去
而日子会随着这种下的树慢慢长大,枝繁叶茂

2017 年 4 月 16 日北京莲宝中路

绝世之恋

因为爱，可以死，放弃生
又因为爱
可以死而复生
阎王老子都管不了

因为爱，可以由人变鬼
又因为爱
可以由鬼还魂成人
汤显祖也管不了

如果你就是那棵梅花树下
静静站着的美人
我就是前世那个深爱着你
名叫柳梦梅的书生

2017年5月9日北京复兴路69号

省略号

千山万水,大海是省略号
千红万紫,春天是省略号
千难万苦,时间是省略号
千军万马,血是省略号
千刀万剐,罪是省略号
千头万绪,故乡和泪水是省略号
千真万确,荒诞是省略号
千言万语,你并不知道
你才是我的省略号

2017年5月12日北京复兴路69号

你是我心里最柔软的部分

如果满是坚硬的天空
你就是那朵白云

如果到处都是一望无际的海水
你就是课桌后突然站出来答题的岛屿

如果一堆乱石头垒成的坟
你就是石缝里跳出来的一声蟋蟀叹息

如果伸手不见五指，看不到方向
你就是一点遥远的星光

瓷器是泥高温烧就的易碎
你是碗中的一勺米饭

我是一只打足气的篮球
你就是总让我三分命中的篮筐

心是一团火，大小就一只握紧的拳头
你就是心间不可或缺的一滴血

2017 年 5 月 15 日北京莲宝中路

母亲

总有一个女人
会成为你的母亲
总有一个女人
恰巧会成为你的母亲
总有一个女人
终究成了你的母亲
多么不可思议呵
就像天上泛着蓝光的一朵云
你是唯一的,在这世上
看呵,多么幸运
那个女人成了你的母亲

2017年5月19日北京复兴路69号

放弃

昨晚我做了一个很奇怪的梦
为了你，我放弃了
北京西三环边上正住着的旧房
放弃了北京西六环边上尚未装修的新房
放弃了我所有股票和存折上的钱财
放弃了我的妻子和两个孩子
放弃了赡养母亲的义务和责任
放弃了目前尚且稳定的工作
放弃了我的理想和追求
如果可能，甚至放弃肉身和灵魂
放弃命运，快乐和忧伤
一无所有地，投奔你，恳求你收留
梦醒时，我清楚地记得梦里的每一个细节

2017年7月12日北京复兴路69号

用左手揽住，你被爱情燃烧的身体

右手牵住春天
端起整杯的洞庭湖

因为我的左手像溅了火的油松劈柴
正在毕毕剥剥燃烧

右手黑夜，左手太阳
爱情被烧成灰烬，剩下的只有肉体

许多年来，我一直幻想着你的肉体
却想方设法逃避着你的爱情

我的骨头是白银做的
纯度很高，因而柔软

         2017年9月6日北京复兴路

第四章　茶

风的颜色

春天的风是绿色的
女儿说
是燕子告诉她的
冬眠的草
纷纷被雷
沉重的脚步,惊醒

春天的风也是红色的
花的唇,被妈妈的口红
刻意打扮得姹紫嫣红
激动地将蝴蝶搂在怀里
拼命吻成朵朵会飞的魂
吻得满口的蜜满口的香

夏天的风是蓝色的
天是泡在靛水里的农家土布
白云是扎染出的一朵留白
或是被暴雨洗褪色的记忆
雨水被河岸蓄意收集
汇成一弯清澈的柔软

夏天的风也是透明的
被太阳压弯翅膀的蜻蜓
在水面弹拨古筝。一尾红鲤
学钟子期,潜在水底听曲
格外愁郁,居然把整条河哭得
淡淡地有一丝海洋的味道

秋天的风是黄色的
被时光彻底烤得焦香
是稻谷和麦粒的成熟
是蝉鸣和蛙鼓的交响
是芒果和橙的芬芳
也是风筝和鸽哨的骄傲

秋天的风也是灰色的
是古人离别的酒香
是宋词里滴漏出来的韵律
是愁得死人的一场江南冷雨
是陷在泥泞中走不动路的乡愁
是梧桐树片片凋谢的感伤

冬天的风是白色的
是圣诞老人的胡子
是绵羊脱下的外套
是天鹅迁徙前写好的信
是菊花举办的一场葬礼
是青春焚烧后飘落的一层骨灰

冬天的风也是金属色的
是寒山寺锈迹斑斑的钟声
是藏在笑声中根根锋利钢针
是挂在树枝上和屋檐下
冻成兵器的冰柱和冰凌
是一种对温暖强烈思念的硬度

        2015年6月12日于北京

风的颜色

春天,风是绿色的
轻轻地跑到我身边
春天,风还是粉色的
一朵朵花儿欣然怒放
飞到风里
夏天,风是红色的
伴着蝉鸣,吹到我耳边
吹起头发
夏天,风还是蓝色的
风吹起波浪,
荡起一层层涟漪
秋天,风是黄色的
吹来丰收,吹黄树叶
秋天,风还是金属色的
咣咣响的机器,
收获丰收的喜悦
冬天,风是白色的
随着翩翩起舞的雪花
冷酷的吹过
冬天,风还是透明的
我们看不见它,

它却看得见我们

四季,风是五彩的
只有用心去感受风
才能感觉到风的颜色

2015年8月21日深圳

大风歌

哪是汉界，哪又是楚河
哪是山哪又是水
哪是云哪又是风
棋盘上的高地和沟壑

厮杀声仍然不绝于耳。博弈
纸上演义。英雄们的后裔
煮沸冷兵器时代的温度
不论刘邦，还是项羽

那枚印章里的凹槽
琢痕和剑伤
刻进骨骼里的阴文
时常牙龈出血

印章被加盖在DNA、皮肤上
溶解在血液里、思维中
千年印迹，一点污渍
洗不净，剔不掉，砍不断

一捧不愿粉末化的砂

汉人，多么沉重的两个字
被时间之风吹起。滞留本土
飘落海外，很多角落

而那团柔软的内核
和坚硬的外壳。拒绝融化的火
是粒千年沉睡的莲子
大风起时，就会被水唤醒

被海激一个冷战和点燃
就会突然爆发
或顽强发芽，生根
枝繁叶茂，开花结果

    2016 年 2 月 21 日于北京莲宝中路

风的回廊

水足够深的时候
就拥有了某种重量和厚度
表面上看
或站在悬崖上看
是静止不动的
只能感受它在那里
暗流汹涌

喉咙却被意外卡住
发不出声
发不出"逝者如斯夫"的喟叹
裹住香积寺的云和雾
层层叠叠,密密绵绵
是一种说不清楚的愁
风在吹,枫在红

躲藏在麻麻扎扎树木中的建筑
躲藏在回廊上的嘈杂和时间
躲藏在内心深处的某种尖锐和刺痛
都可以沉寂下来,除了钟声
静静地看江面上被夕阳点着的火

看驮着黄昏飞翔的白鹭
看鱼在水底叫得何其悠远而凄厉

     2016 年 3 月 14 日于北京复兴路

风吹皱了思绪

风乍起。一定有鬼
鬼就潜藏在水底

吹皱一池春水
干卿何事？问得心惊肉跳

皱巴巴的思绪，皱巴巴的一条旧裤
又关风何事？熨斗怀孕了

风动，还是旗动？真的是可参悟的
哲学命题？具有反复争辩的价值

心，无非是一张被反复揉搓
废弃的A4纸，纸篓里

无非是揍在手心里，满满
一把散散碎碎杏花的蕊

2016年5月12日于成都新华宾馆1402

雾霾锁城

雾非雾，霾仍然是霾
还有谁在欣赏患有肺病的太阳
花非花，妖仍然是妖
为何天堂的和地狱的同样痴恋人间
我非我，你仍然是你
树根如手，把一撮泥土抓烂成怀念
城是一条日夜奔流的河
铁链锁住。尘埃
雾失楼台，月迷津渡
很多人迷困于这种病态的美
很多人已把铜雀误读成一把密码锁
春天锁住满院桃花
悄悄锁住哭泣的梧桐和一个秋天
心是一个座城
山径是一把钥匙
青草和绿树是一层层的铜锈
时间被掩埋在荒芜中
等着一列无差别的地铁列车
从站台边匆匆驰过

2016年5月16日北京复兴路

浮云

总羡慕云的洁白
其实你不知道的是
我的心比那云还要纯净

总羡慕云的轻盈
其实你不知道的是
我的情比那云还要失重

总羡慕云的虚无
其实你不知道的是
我的爱比那云还要缥缈

总羡慕云的静默
其实你不知道的是
我的思念比那云还要沉痛

总羡慕云的柔软
其实你不知道的是
我的岁月比那云还要绝望

总以为，浮云游子意

落日故人情,千古不变
日新月异的人都知道李白
却不没感触到非墨的存在
一朵开花的锚突然浮出水面
惊世骇俗地黑,如铁
一场突如其来的暴雨
即将倾盆,淹没,或者灭顶

2016 年 6 月 9 日北京莲宝中路

寄一片雪花给你

每年冬季,下雪的时候
我都在每页黑夜里
写上白,寄给你
结果都被陆续退回
信封上贴着冷冰冰的条
"查无此人"

事隔多年,今年冬天
终于辗转打听到
你的模糊近况
和确切地址
但寄出的洁白和纯净
依然如故,杳无音信

也许路途过余遥远
时间是烧热的电阻细丝
经过春天和秋天
到你手里的,已是夏天
那片雪花早已融化
成为一片温湿的虚无和空白

2016年7月11日北京复兴路

柳湖沙月

柳树绕着湖岸
狂奔一圈之后
一棵一棵地蹲了下来
安静得
像玩丢手绢游戏的孩子

黑夜里,湖现出了原形
是一只长满蓝色羽毛的鹦鹉
被柳树围成的鸟笼囚禁着
时常模仿南唐后主李煜
偷偷把月亮揽在怀里,取暖
湖面烫出好大一个破洞
帝王的衣裳褴褛
露出一片洁白的肉体

月亮是沙漏
两只玻璃球的连接处
一个圆孔。时间之沙
如月光,落在沙洲之上
沙洲上停着一只鸥鹭

2016年7月22日北京复兴路

月色

被中国古人和诗人比喻为美女的
被外国人和诗人比喻为美女的月亮
如此雷同,没有创意和突破
月有阴晴圆缺,好像女人的善变
月光如水,好像女人的柔情似水
长着一只兔耳朵的月亮是鬼
是肃杀的阴,是致病的瘴
没有人真正懂得月亮的狰狞
没人能够理解,月球折射太阳的光辉
并非炫耀,而是尽力避免黑夜过余黑暗
直到公元1969年7月21日
尼尔·阿姆斯特朗将人类的处女脚印
像印章,盖在月球满是岁月尘埃的表面
That's one small step for man
one giant leap for mankind
沙哑的声音烙进历史的肌肤
历史是打着人类印迹得不到自由的奴隶
才发现月球的表面比地球
所有男人和女人的内心都还要荒芜
其实我们并不懂得真正的孤寂和苍凉
静静流淌着的月色,其实是血

是月亮的经血。用诗意,像妖精
几千万年来
反复引诱着男人和诗人的勃起和早泄

       2016 年 11 月 14 日北京复兴路

北风煮酒

学曹孟德和刘玄德,尽力伸长双手
把尚未成熟的青梅子一粒粒淹死在酒里
像两个溺婴惯犯
把苦苦挣扎的北风也凶险地摁进酒里
煮。煮出一种豪情和狂狷
煮出一则轰轰烈烈的传奇
雪拥蓝关时候
北方还在建安诗人的手心
温热着喘着白色粗气
名将华雄的头已斩落马前

       2016年11月17日北京莲宝中路

雪花

天使们忙着在天上种树
孩子们忙着在人间种树
孩子们固执地认为
地比天还要大

冬天是一粒种子
裹着黑色坚硬的外壳
生命力极强
种哪就在哪生根发芽

天寒地冻时候
天上地上全都开花
天上的树开着雪花
地上的树开着梅花

白是天上的雪花
香是地上的梅花
孩子们的眼睛全都像爆米花
嘴角和心里全都乐开了花

2016年12月8日北京复兴路

故乡的云

硕大的一块天然羊脂玉
飘在天上
沉重的一块白
压在水面
丰腴得有点肥胖
性感得像唐朝皇宫里
没穿衣服的美人儿
富含营养和水分
轻指一掐
雷就喊了起来
雨就滴答下来
落在山头，群山就是海
落在树梢，树梢就是林海
落在树下，树下就是草海
落在田畴，田畴就是油菜花海或稻海
鹰和雁在云海中翱翔时候
孩子们就在地上
追逐着黄昏的蜻蜓
追逐着天上投下的飞影
像鱼，在地面上
无忧无虑地遨游

2016 年 12 月 28 日北京复兴路

窗花

终于从厚厚的玻璃里浮出来
像一锅煮沸的豆浆
浇进了一勺冰冷的石膏水

一剪刀下去，剪碎一张纸
就能够扑灭一团火
把忧伤和痛苦剪掉，留下欢笑

一张镂空的面具
带在时间的脸上
窥视屋内，或张望窗外

为了彰示窗的存在
用爱的黏液将身子紧贴玻璃
证明透明和纯净不是一种虚无

2017年1月11日 G55 北京~南京高铁

飘落的精灵

飘落指尖,是指尖的冰凉
飘落手心,是手心一抹潮湿
飘落嘴角,是嘴角的吻痕
飘落眼角,是眼角的一滴泪水
飘落心尖,是心尖不曾遗忘的记忆
一片雪花,来自天上
坠落的过程是天使在飞
融化的过程是温度在跳高

2017 年 1 月 12 日南京万达希尔顿酒店 1218 房间

醉春风

谁也没弄清楚风就是佳酿美酒
比古人喝的屠苏还醉人
桃花喝一口，呛得脸都粉了
杜鹃喝一口，整座山都红了
梨花喝一口，浑身都酥软了
菜花喝一口，整片田野都醉了
鸭子喝一口，整条江都暖了
马蹄可以疾
月亮可以凝滞
杨柳岸可以绿
燕子可以似剪刀
羌笛已把玉门关给突破了
杏花把一条细长而性感的腿裸在墙外
而我仍然在这里
在一场藏满暗器的江南的细雨中
等你。像一只盛酒的空杯子

2017年2月22日北京复兴路69号

今夜

今夜,异常地黑
所有的星辰都裹着厚厚的云朵睡觉
树把风死死攥在手心
所有的灯火都被你刻意地一一扑灭
纸把所有的白
像掉落的饭粒,一点点捡起
今夜,你的眸比夜还要黑
在漆黑的夜里,拥你在怀里
就像一方端砚的中间刚刚磨好的一滴浓墨

2017年3月7日北京复兴路69号

晚风

黑夜的长发是握不住的
滑如水
捣碎的记忆碎屑
捞成一张薄如蝉翼的纸张
在柔软之上
很认真地鬼画
读不懂的
一个失传已久的辰州符

2017 年 3 月 13 日北京复兴路 69 号

星星把爱打翻

爱,有时其实是黑色的
犹如打翻的墨汁
乌贼的口水
湿漉漉的沉重
记忆
冰凉如凝固的泪水
一种让人笑不起来的幽默
每一颗星星都坚硬
像黑夜里的长吁短叹

2017 年 3 月 13 日北京莲宝中路

风筝

飞得够高,够远
让许多目光都缺乏柔韧
倾斜到 45 度以上
是我的初衷
我就会如约扯断缰索
还你梦寐以求鹰的自由
期望你
继续因风的缘故
爬得更高,走得更远
丧失尺度的距离
为何会让你突然像惊弓的鸟
挣离伽利略铁腕控制没有头脑的铁球
忘带降落伞的一粒蒲公英种子
表现为一种无法理喻的癫狂姿态
喝醉酒的苍蝇。往低处来
科学家称这为自由落体运动
陡,是一种潜在的危险
一种加速度源于
地心引力对重量的天然掌控
翅膀比纸还柔弱
血是另一种暴力固有的磁场

百般勾引着铁器
磨砺后淫荡的锋刃

2017年3月20日北京复兴路69号

听雨

坪阳夏天的雨下起来都是很猛的
像女司机在醉驾
砸在石头上
石头都会像受惊的蛤蟆
蹦跳起来

敲在瓦棚上
瓦棚就像朝天设置的门
门里有人在偷情
捉奸的队伍随时都会破门涌入

坐在窗口,望出去
没有一丁点能够点燃的东西
一片夸张的嘈杂
只有自己被浓缩成一个微点
静止在那里

2017年4月10日北京复兴路69号

刺破黑暗的衣襟

不自量力
谁在与黑夜力拼
一天两场,较量生死
黄昏与黎明
天上地下
杀得血肉横飞
很多人在袖手围观

黑夜是江湖绝世蒙面武林高手
光明是侠,一等一的刺客
每一点灯火
都是伤口
流着希望的脓液
天亮时,败得丢盔弃甲的黑暗
千疮百孔,浑身都是剑伤

衣襟破碎的地方,不是割袍
暴露出雪白的肌肤
一个裹着黑斗篷的绝色女子
脱掉了最后一件黑色内衣
从黑土里暴烈出来的一株百合

很多黑色的碎布片散落四方
密谋一次又一次的缝合和反扑

  2017年4月26日北京复兴路69号

夜雨

雨，落在夜里
落在梦里
落在长着霉菌的记忆里
落在蟋蟀的呻吟声里
落在湿漉漉的普头河上
落在五千公里外坪阳村头
五百年老柏树的树顶
很多事就像风湿病
一旦突然周期性发作
总是让人刻骨
铭心——痛

     2017年5月24日北京复兴路69号

夜色

刚刷了黑鞋油的皮靴
张着嘴,伪装
海床礁岩下的石头鱼
随时准备出其不意
吞噬一只脚

白头发生长于黑头发
黑夜分娩着白昼
在这里,站在这里
关注着色
却会忽略整个夜

一把泡软泡胀了的黑豆子
磨出来的豆浆

2017 年 5 月 26 日北京复兴路 69 号

那片云有雨

那片云是雌的,母的
意外地又怀孕了
肚子很大
离分娩越来越近
黑色的妊娠纹布满全身
雷声很痛苦
闪电是锋利的手术刀
太阳躲在后面
没有承担责任的勇气
担心生下一个超重胖孩子
被迫按历书取名
叫夏天

2017年6月11日北京复兴路69号

等一场雨

很多时候我都在等
一场雨
突如其来的洪
淹没悲伤

很多时候我都在等
你
撑一把油纸伞
窄窄巷子里擦身而过

2017年7月4日北京六里桥地铁站

失眠的夜

用内心的黑暗与夜晚的黑暗
较量
用内心的沉寂与夜晚的沉寂
对抗
用内心的悲伤与夜晚的悲伤
交换
黑夜很黑
但黑夜有虫鸣、星辰和月亮
内心很暗
但内心只有霾、不眠和寒
如果没有光明,我将迷恋黑暗
如果深陷绝望,也必将有莲花绽放
在夜里,手心也在冒汗
等待一场雨
敲击瓦楞,叮叮当当地响
像一件官窑的宋瓷
失手碎在屋堂的阶前

2017年7月13日北京复兴路69号

望雪

关汉卿在七百年前刻意制造的一起冤案
无法彻底昭雪。这让我一直对中国文人
心存敬畏。刮目相看

我常想,万一死无对证
窦娥的企盼,那场酷暑难耐的漫天飞雪
万一"白"不下来,怎么办?
找谁去申诉?关汉卿早已死了几百年

这样想着。想着。小暑刚过
我的内心就应约下起了一场罕见的大雪
压垮北京街边很多茁壮老树,极度深寒

2017年7月18日北京复兴路69号

夜深如雪

白发如蒲公英的种子
纷纷从泥土般的黑发里逃逸出来
那些铁栅栏
一场突如其来的冬天
在这深夜
毫无预兆地提前袭来

2017年7月31日北京复兴路69号

清晨的车辆声碾碎黎明的梦呓

阿波罗的战车还在飞驰
失控的美丽
驾车的法厄同在高声尖叫
梦呓柔软如水
如露珠,都因黎明的冷
零度的伤害
凝固成一块块坚硬的石头
尖锐地凸起在路的中央
制造跳跃,突发事件
一起又一起粉碎性骨折

2017年9月4日北京莲宝中路

看云

似乎没有什么人再像周作人
一样看云
似乎没有什么人再像沈从文
一样看云
那一代人基本上已死干净了
时间是一把很勤快的扫帚

云有什么好看的呢？天空上的一团白
拟或是天空上的一团空白，或虚无
看云，还不看月亮，或看花
乘飞机穿过，那只是一团水雾
并没有藏着云中君之类的神仙

风起时，云变黑时
兴许会下雨
下雨时，有人高兴雀跃
有人悲伤忧愁
大抵如此

2017 年 10 月 11 日北京莲宝中路

黑云

穿一身黑袍
参加葬礼
雷是我的哭声
雨是我的泪
冰冷才是我的悲伤
脱尽内心的黑暗
我是一朵肆意盛开在天空的白

2017 年 10 月 17 日北京莲宝路

月亮

夜色,无限延展的荷叶
根深深扎在宇宙深处
的淤泥里,像一只巨手

星星凝结在上面
一粒又一粒
滚动着的露珠

月亮这颗硕大的夜明珠
像只巨大的耳朵
听见你的微弱的叹息

误以为是坪阳村口
那条早已死去多年老狗
的叫声,滚动了起来

2017 年 10 月 18 日北京复兴路

雾

你关注花时,我在关注雾
你关注雾时,我在关注雾里的月亮
你关注月亮时,我在关注月光里的楼台
你关注楼台时,我在关注楼台上的你
你开始关注自己时
我在关注匍匐在你身体上的黑暗
你关注黑暗时,我在关注死亡
黑暗和死亡就像粘在衣服或皮肤上
一些讨厌的灰尘和污渍
任你怎么使劲,就是拍不下来

2017 年 10 月 19 日北京复兴路

风

是得道者,是禅悟者
像庄子
占拥空无之地
嘲笑实有之物
无论在山野
还是在城市
无论在大洋彼岸
还是在洞庭湖畔
空气在流动
吹过左脑
引起右心房的疼痛

2017年10月20日北京复兴路

月全食

人们不约而同
把眼睛尽力抛到天空,看月亮
在地上,仰望
不像弹弓满弓射向虚无的石子
会划出美丽的抛物线
像狐步舞

看洁白的月亮
如何一点一点地黑暗
然后又一点一点被呕吐出来
没有任何,哪怕半丝
古人的惊恐和疑虑
像一个个被魔术揭秘的孩子

2018年2月3日北京莲宝中路

今夜，繁星盛开

夜是一棵巨大的树
见风就长
根扎在大地上
枝繁叶茂
把天空撑满
你歌唱时
许多星星就从银河里游出来
脱掉她们的鱼鳞
爬到树枝上
让树底的人看她们的裸体
学数数
从一数到十
从十数到百
从百数到千
从千数到万
一遍又一遍
怎么数也数不清
却找到了牵牛织女星

2018 年 3 月 22 日北京莲宝中路

第五章　檗

一朵花

天生就倾国倾城
一副好嗓子,高声部的
可以唱歌剧。美声

所以盛开的时候
声响很大,分贝很高
吸引了很多蜜蜂和蝴蝶

20000 赫兹,音频超出接收范围
直接导致我的盲听
所有听过她歌唱的人都变成了石头

等我得到消息
千里迢迢赶去时
花已谢

2015 年 11 月 27 日于北京复兴路

透过丛林的阳光

经 1.5 亿公里的长途跋涉
穿过宇宙的尘埃
穿过大气层的阻挡
穿过层层叠叠树伸出的手掌
没有一点减速迹象
醉驾。轰的一下
悄无声息地砸在埋满弹簧的地上
强暴入丛林深处
地球潮湿而温暖的阴户
被层层过滤的光线
细腻起来,柔软起来
收敛起锋利,砸下来
溅起很多块阴影和黑暗
仍有很多阳光的碎片
被蜷曲假寐的蛇
驮在背上

2016 年 7 月 1 日北京莲宝中路

吃荔枝

荔枝红时
整个盛唐又都复活了
轻轻一笑
骨肉尽酥

小心翼翼剥开荔枝
就像如此深情地脱掉美女的衣裳
脱掉朝阳一样绚烂的石榴裙

一身让人垂涎的肥肉
就像口含杨贵妃胸前
那团入口即化的白嫩

吐出的核
就像一颗发黑干瘪的心脏
停止了跳动

爱吃这性感的荔枝
曾经引诱过杜牧
引诱过苏东坡
引诱过后世想入非非

喜欢意淫的中国文人
也引诱着你身边的我

多吃
自然容易上火

2016年7月9日北京莲宝中路

牵着月亮去看荷

路,一根煮不熟的刀削面
蜷曲在角落的水
揉搓得很劲道

千百年来,反反复复
不曾被刀斩断的
竟然被这荷
悄无声息地
轻而易举地
从黑的内部
从羞涩的下面
从坚硬的根子上
刺穿

一张张油过的绿色盾牌上
露在滴血
蛙声都凝成水珠

没人看出来
月亮是一朵花
一朵夜来香

开得暴力和妖艳
性感地开在夜空之上
拒绝黑暗

2016年8月6日北京莲宝中路

公交车站旁的银杏树

我愿意模仿明永乐年间的江南才子
把书画和西湖的雨一寸一寸折进去
折进一把小小的折扇里

站在北京莲宝中路568路公交车站
望着路边树上的银杏叶子
在春天,树打开如此多的折扇
就再也没能合上
飞舞着,像一些长着绿色翅膀的蝴蝶
竖起一片招风耳
扇着风,试图为炎夏降温

在第四纪冰川运动就被追杀的裸子植物
是最古老的孑遗幸存者
秋天时,黄袍加身

车来车往,置若罔闻
568路公交车在身边停下来时
银杏树依然在路旁坚定地站成
一棵拒绝上车的植物

2016年8月10日北京复兴路

稻谷

稻穗低头的弧度
推算出乳房的函数曲线
谷粒胀痛的饱满
是大地的乳汁
阳光发酵后
凝结成不再流动的静止
沉默地发出黄金般的呐喊
叫聋一只只瓢虫和蚱蜢的耳朵
没有经过水的蒸煮
谷的内心是一种坚硬的白
我的前世是火与水的混合
我的今生只是碳水化合物
我的来世是能量和物质的转换
万劫不复地
终于在你眼里转化为一滴清泪
在你腋下的毛孔里转化为一滴汗珠
咸涩而略带荷尔蒙的腥臊

2016 年 8 月 22 日北京复兴路

吃石榴的两种经典方式

一粒一粒地,像嗑瓜子
不同的是
嗑瓜子,吃的是仁,吐的是壳
吃石榴,吃的是汁,吐的是核
核与皮一样坚硬
像一粒粒藏在果汁里的星星

相对这种十分婉约的吃法
一把一把地塞
口腔像黑洞,蚕食着星辰
是一种豪放的吃法
时间被压缩成一口渣
吐在垃圾桶里

每一粒石榴子
都是植物的受精卵

2016年9月18日北京复兴路

欲开的花

欲，是一根刺，深扎在肉体里
用佛经的针怎么挑也挑不出来
花，是一种美，潜藏在身体里
用春天的温暖怎么烤也烤不化

花开的时候，倘若你在
我将是一种惊讶
若恰巧你不在
我就是一种虚无

每一朵花的盛开，无论在土里
还是静候在身体里的那朵
都是疼痛的
花香其实是一声高分贝的叫喊

2016年10月24日北京莲宝中路

墙角

被梅花霸占的角落
总比被狗
或其他东西占领
好
特别是在梅花开时
寒是寒了点
腿打战
心在抖
不知是因这奇异透骨的冷
还是如雪过分的白
还是这越墙关不住的香

2016 年 11 月 3 日上海

木棉树

是火,就一定能够点燃春天
是火,就一定能够煮沸眼睛
是火,就一定能把血蒸馏成一声呐喊
是火,就一定能把心脏烤白薯一样焖熟

远远的就是一股子热浪
排山倒海。像海啸。不可阻拦
一股子没遮拦不掩饰的热辐射
穿透铁,穿透山,穿透天空

固执地站在一棵橡树身边
的一句誓言和承诺
别问原因
径直让几杯烈酒下肚

南国的几声鸟鸣清脆
就能唤醒一棵沉睡的木棉树
就能唤醒这座城市的脸
唰地一下子红透

把太阳的红肚兜扯将下来

掷在地上,让地着火
掷在水边,让水着火
掷在你的身上,让你着火

      2016 年 12 月 12 日北京复兴路

松树

自从不小心爬上了悬崖
就再也没爬下来过
孤僻而执着地把每一片叶子
都磨成针的传说
风来时,就这样站着
雨来时,还是这样站着
你来时,这样站着
你没来时,也是这样站着
冷时,站着
暖时,仍然站着
你说好,也站着
你说不好,还是这样静静地站着
站到天荒,站到地老

2016 年 12 月 14 日北京复兴路

咏梅

剩女,实在孤绝到了极致
甚至比灭绝师太
还要不可理喻
冷的身影没有重量
吹落到水面上
水都咬牙切齿轻轻喊疼
连月亮都怜悯得
哆嗦出一股淡淡的暗香
最后终于出人意外地决定
嫁给了一个极品孤老头
让洁身自好的林和靖
溺死在经久不衰的绯闻里
无法救赎
许多倾慕已久的诗人
想了一个冬天
也没想通
在八大山人笔下
瘦骨嶙峋丑石上面
盛开着一片肆意放浪的
没有任何色彩的笑声

2017年1月10日北京复兴路

梅花香时，我犯下今生第一个错

我一直在洗刷今生所犯过的所有错误
就像在厕所里用刷子、肥皂和自来水
使劲刷洗着衣领上那抹淡淡的污垢
可我怎么也记不清楚
我今生所犯的第一个错误
是什么，什么时间什么地点什么缘由
究竟是在那年的梅花开前
还是梅花开后？也许那时年纪太小
也许是因为你在
我想，我的第二个错误绝对是为了掩饰
或者补救第一个错误，而不经意犯下的
因而又会有第三第四第五第六个错误
以至于累积到目前，无穷无尽个错误
像隆起在胸前的一座火山
诱惑眼球的一朵花。在夜里，睡梦中
终于把心脏里的那团压缩空气
轻轻地挤了出来
像杜鹃发出的一声鸣叫，在春天

2017 年 1 月 21 日北京复兴路

因了一朵花的盛开

——和黄德义先生的诗

因了一朵花的盛开
从此,我将更爱花
更爱你
不任你是不是水仙
不任你在什么季节
不任你是忧伤还是快乐
不任沧桑还是蒹葭苍苍
我的灵魂来自水中
不任有多遥远
只要你呼唤
我就会像屈原
踏水而来
着一袭绿色长裳
像一首吟咏千年的楚辞
瘦瘦地,纤细地
举起一杯杯淡黄色的酒盏
让香,像酒,像月光
溅湿那颗依然不肯老去的心脏

2017年2月6日北京莲宝中路

花神聚会

布谷鸟的叫声烧得通红
淬火
在春天冰冷的雨水里
啼声被剁成一节一节的
让所有的花朵
都因这声音感觉到痛苦

每一朵花里
都熟睡着一个娇艳的神仙
当神仙被唤醒
花朵就开了
当所有神仙不约而同被唤醒
那是天下有大事要发生了

2017年2月21日北京复兴路69号

女人花

盛开在山间的
是一片朝霞和杜鹃
盛开在水边的
是自恋得葱绿的水仙
盛开在心间的
是苦如中药的黑色思念
模糊的脸
握在男人冰冷手心的是酒杯和剑
盛开在我空空怀里的是你
一朵躲了三生也没躲掉的红莲

2017年3月3日北京莲宝中路

蔷薇

那一定是在那年的端午节前后
天气闷热
你才能穿得像风中盛开的蔷薇花
蹲在地上
看蚂蚁搬家
用吃剩的冰棍竹签
在落满蔷薇花瓣的泥地上
划一个简易迷宫
让这群社会性极强的节肢动物找不到家
或一笔一画
认真地大写一个十八笔画的繁体汉字
暴雨突如其来时候
也浑然不觉
那时的我就站在蔷薇架后
像杜甫
静静地看着你

2017年3月21日北京复兴路69号

飘落的花瓣聆听春的尾音

想让我痛苦
你就把整个春天揉碎了给我
你不知道
趁你不注意
我早已偷偷将整个雨季滴入了我的静脉
曼陀罗花,般若波罗蜜多
由华佗先生亲手煎熬
失传千年的一副麻沸散
死死衔在杜鹃嘴里一枝斜阳
我已感觉不到冷暖

2017年3月23日北京复兴路69号

樱花

春天死在樱花树上
珊瑚白化
我打树下穿过玉渊潭
花瓣刻意
把自己装扮成有温度的雪
落在我的头上、肩膀上和手上
不融化
因而我深信
耶稣当年也是这样
把自己纯净洁白的肉体切细
然后平均分给了信众

      2017年3月23日北京复兴路69号

遇见一场花事

租一台高速摄像机
不管像素
只是把过程
从开始到结束
忠实地细细录下来
待到荼蘼开尽
一个人时候
实在没什么事可做
实在没什么地方可去
就用一台老式播放器
用正常的速度反复重放
定格每一个曾经忽略的细节
后悔每一种另外的可能

2017年4月5日北京复兴路69号

一棵树

一个逗号
抑或一个顿号
抑或一个分号
抑或一个冒号
抑或一个问号
抑或一个句号
抑或一个感叹号
一棵树抑或就是立体的
一个直立行走着的标点符号
标志着上天
写在大地上的隐性诗行

      2017年4月6日北京复兴路69号

一枚叶子

作为树，时间是平滑的
总在角落
做一些不切实际的梦
以为自己就是观世音转世
从身体赤裸的各个部位
长出千万匹叶子
向天空努力伸出千万只手
试图牢牢抓住整个春天

一枚叶子的凋零
不是那么容易引人注意的
即便你就是杜甫
那是我的一只苍老失血的手

2017年4月7日北京复兴路69号

石榴花开

千万张浓装着红唇膏
性感的嘴
诱惑着我的眼睛
和我欲火中烧的吻

让我像三星堆出土的
埋了几千年的
青铜纵目面具
瞳孔瞬间暴长

早已惊涛骇浪的内心
如何才能被一下又一下
凶猛砸下来的道德铁锤
重新锤打得扁平

被千万只喙啄食着的春天
早已面目全非
因为在那些小小的子宫里
已孕满了春天晶莹剔透的孩子

2017年4月14日北京复兴路69号

麦子黄了

百万雄兵纪律严明
都潜伏下来
每日都专心做同样一件简单事情
用失传的古老炼金术
提炼阳光
提炼泥土里的黄色色素
提炼一种碳水化合物
提炼着一种收获的喜悦和乡愁

一块块巨大的面包
已被烤熟
膨胀起来
散发着夏天和乡村的味道

麦收时节
大地是条巨蟒,在蜕皮

2017年6月13日北京复兴路69号

冷雨摧花

千万只冰冷的手伸向地面
就像千万双邪恶的目光
伸向裙底
远在万米高空
也能准确地抓住
那些全力躲闪和挣扎着花朵
的心脏、肝和肺
撕扯成碎片
让多愁善感的未眠人
用娇艳的尸块
拼凑成
一行行用形象文字写就的诗歌

2017年6月19日北京复兴路69号

花语

诗人花语在北京宋庄种的花
近日
突然没了节制和规矩
一朵朵
纷纷从花盆和泥土里跨栏出来
跳绳
肆意摇摆
烧开了的水壶盖,捂都捂不住
牵牛花和扶桑
向日葵、荷花和牡丹
无非
一些非裸子植物成熟的生殖器
诱惑着蜜蜂和蝴蝶
全都散发着心惊肉跳的香
和叫春的声音
没有一丁点羞耻感
没有人道貌岸然地站出来
遮拦
或强制闭嘴
掐灭它们
那是风和雨的权力

赤裸
和袒露是美的
很原始

     2017 年 6 月 27 日北京复兴路 69 号

携李

三只硕大无比的桃
比功劳
像一种药
其中一只早已被你摘下
偷偷塞进我的腰包

另两只,被晏子
让齐景公送给了公孙接
田开疆和古冶子。不再狂迷于
身体和现世,才能称得上猛士
每年春天桃花总能翻出他们的血

投我以桃,报之以李
投我以木桃,报之以琼瑶
听起来
总那么耳熟
总是心脏在肉身里一次次跳伞

很多年过去,我的当年
被西施指甲掐伤的李子
还高高挂在树梢上,等着

得胜归来的范蠡将军
如约帮忙采摘

我宁愿酸
和涩。不要因为你
不要因为悲伤
让我感受到
猝不及防的疼痛

    2017年6月28日北京复兴路69号

爬满青苔的记忆

本以为落满尘埃
没想到会爬满青苔
像蚁群围攻着
落在地上的一块水果糖

本以为是柔软的,如风
没想到会坚硬如青铜
一种阴暗潮湿的孢子植物,如铜锈
日夜啃食着石头肉体里的硬骨头

拧一拧,轻点,格外小心一点
用不着太夸张的力
记忆就像永难干燥的松软海绵
挤得出水

记忆犹如一株蒲公英,到秋天
雨,或没雨,都喜欢撑把小伞
像空降兵,突降在整个防线的背后
让所有精心构筑的抵抗瞬间崩溃

2017年7月3日北京复兴路69号

狗尾巴草

十万条恶犬,撅着屁股
把鼻子伸进泥土深处
嗅着草根之下
地层之下
的黑暗、孤独和寂寞

看谁的牙更狠毒
能够快步最先抵达地狱之门

能够舔舐但丁软骨里的忧伤
一定是唯一最凶猛的神犬
希腊人取名称它
刻耳柏洛斯
跑赢所有带鞭毛微粒的胜者

大量滞留地面,没逃脱风追捕的
小时候常笑着叫它:狗尾巴花

2017 年 7 月 5 日北京复兴路 69 号

花海

花朵总自顾自地娇艳,不似水滴
一律千篇
朵朵个性乖戾
油菜。紫云英。杜鹃
桃。樱。梨。杏。和丁香的花
如何让它们都听从指挥
整齐划一,步调一致
牵起手,正步走
奇门遁甲,布成战阵
对抗时间的进攻

哦,春天是个独裁者

2017年7月6日北京复兴路69号

玫瑰正红

那些尖锐而锋利的刺
都是与生俱来愤怒的矛
蔷薇科植物的牙

"什么是玫瑰?"
诗人阿多尼斯答:
"为了被斩首而生长的头颅。"

隋炀帝是个有头脑的"高富帅"
曾多次揽镜自叹
"好头颅,谁当斫之!"

谁也没发现和意识到
杨广是一朵玫瑰,包括李煜
很多帝王其实都是玫瑰

玫瑰红时,无关乎爱情
花瓣会滴血。并用香
铺就一条通往地狱的路

2017年7月10日北京复兴路69号

莲花宝座

南无释迦牟尼佛，南无金刚不坏佛
南无宝光佛，南无龙尊王佛，南无精进军佛
南无精进喜佛，南无宝火佛，南无月光佛，南无现无愚佛
南无宝月佛，南无无垢佛，南无离垢佛，南无勇施佛
南无清净佛，南无清净施佛，南无娑留那佛
南无水天佛，南无坚德佛，南无旃檀功德佛
南无无量掬光佛，南无光德佛，南无无忧德佛
南无那罗延佛，南无功德华佛，南无莲华光游戏佛
南无德念神通佛，南无财功德佛，南无德念佛
南无善名称功德佛，南无红焰帝幢佛
南无善游步功德佛，南无斗战佛，南无善游步佛
南无周匝庄严功德佛，南无宝华游步佛
南无宝莲华善住娑罗树王佛，南无法界藏身阿弥陀佛
凡三十五佛。娑婆世界五十三佛未到
东、南、西、北，东南、西南、东北、西北，上、下
十方世界，我佛慈悲，请各就各位，端坐莲花宝座
我虔诚地跪在蒲团上，口诵经文，双手合十
——叩拜，消业消灾

2017年7月14日北京复兴路69号

秋日的花朵

记忆中,江南七月以后
你就会变成行走江湖的蒙面女侠
昼伏夜出,黑衣黑裤,飞檐走壁
眼睛里满是独门暗器
一个回眸,就是一把锋利无比
浸过毒汁的柳叶飞镖
百步之内取人首级,悄无声息

灯光,是黑夜吐出来的丝
试图把整个秋季都莹在里面
七月是一只蛾子
传说江南有花,迟迟才开
你虚构了我,为了报复
我也刻意把你虚构了出来
在这个秋日的下午

镜子中,好多的尘埃

2017 年 7 月 20 日北京复兴路 69 号

竹竿

我相信
这些削去枝叶的竹子
像剥光衣裳的夏娃
是没有听见春天的号角和呼唤
没有按预设程序
苏醒过来的
一根又一根冬眠的蛇

就像青藏高原上
那些无耻的麦角菌科真菌
寄生在
蝙蝠蛾科昆虫幼虫体内
谋杀或屠杀后，从尸首中
野蛮生长出来的某种植物
放弃原有柔软的本性

2017年8月14日北京复兴路69号

雪中越狱的树

你将在我身上再死一次,当我死时
虽然我一直是一个谦卑而缺乏自信的男人
但我一直幻想着自己会死于一次难产

我的肉身是一座足够大的房子
一座可以四处自由行走的吊脚楼
里面长年居住着一个我
并收容了无家可归被一级通缉的你

白天和黑夜,因为爱,或者恨,我都和你
不分彼此,交合在一起。下雪时
我怀疑我会出人意料地分娩出一棵槭树

2017 年 9 月 7 日北京复兴路

草木无声

那些树枝和青草如此安静
都活得太认真
把太阳随手撒下的光线
像绣花针
一根一根捡起来
绻在身体里
即使枯萎时
还是那么有密度
那么有韧性
燃烧起来时
就把光线和温暖射进黑暗
还给太阳

2018年3月23日北京复兴路

荻花

似一个流落江湖多年的宫女
身怀绝技。怀抱琵琶,端坐船头
白衫子遮面。弦轻拨,秋就如水
意外地流淌了出来,很古典的样子
像一缕月光。满头白发,风韵犹存

2018 年 4 月 8 日北京复兴路

栀子花

香起来,不讲道理
就如一缕月光
铺天盖地笼罩下来
白得没有一丝血色和尘埃
恰恰就是我担忧的地方

2018年6月6日石家庄裕华东路56号819室

像养宠物一样养着我的植物

是的,我相信
每一个中国传统节日后面
都深藏着一个悲剧
每一次欢快后面都深藏着悲伤
像深扎在肉中挑不出的刺
如:寒食节后面的介子推
端午节后面的屈原
七夕节后面的牛郎织女
当年元宵节后面的你和我
每一个节日到来的时候
我发现自己像养宠物一样
平静地养着我的植物

2018年6月14日北京复兴路69号

向日葵花

向日葵花灿烂
时间一久,误以为自己就是阳光

向日葵花金黄
时间一久,误以为自己就是黄金

向日葵花浑圆
时间一久,误以为自己就是太阳

葵花。葵花。葵花
系红领巾年少的我们都像向日葵花

把头高高举起来
像圆规一样,在空中划着圆圈

在黑夜里低着头
让黑夜从我们头顶上踩踏而过

习惯了有事没事嗑瓜子,从没意识到
那些带着坚硬盔甲的楔状物是葵花的孩子

瓜子在齿间炸裂的声音,像雷
录制好的一次次痛苦尖叫被播放出来

向日葵花熟时,葵花子聚在一起
像一窝非常团结拼命抵抗的蚂蚁

曾设身处地地想象石榴
与葵花是近亲

都有着同样狂热的生育诉求
梦想着凤凰一样的翅膀,风来时展开

2018年6月28日北京复兴路69号